南中 남중

남중 南中

하응백 연작소설

1판 1쇄 발행 ｜ 2019. 10. 15
1판 2쇄 발행 ｜ 2019. 11. 2

발행처 ｜ **Human & Books**
발행인 ｜ 하응백
출판등록 ｜ 2002년 6월 5일 제2002-113호
서울특별시 종로구 삼일대로 457 1009호(경운동, 수운회관)
기획 홍보부 ｜ 02-6327-3535, 편집부 ｜ 02-6327-3537, 팩시밀리 ｜ 02-6327-5353
이메일 ｜ hbooks@empas.com

ISBN 978-89-6078-709-4 03810

하응백 연작소설

南中 남중

Human & Books

영웅의 본색^{本色}

"하응백입니다."

그의 이름을 처음 들었을 때부터 예사롭지 않다는 느낌이 들었다. 사람의 호칭에 들어가는 '백'은 '백부', '화백' 할 때처럼 어른이나 일가를 이룬 사람이라는 느낌을 준다. 일례로 조선의 창업공신인 정도전에게 내려진 직함 가운데 하나가 '봉화백'인데 봉화는 그의 관향이고 '백'은 '공후백자남'의 작위 가운데 세 번째를 뜻한다. 잣나무의 한자 '백(柏)'은 잣나무가 나무 가운데 가장 어른이라는 뜻에서 나온 말이라고도 한다. 옛 말에 송무백열(松茂柏悅)이라 하였으니, '소나무가 무성하게 자라는 것을 보고 옆에 있던 잣나무가 기뻐한다'는 뜻으로 잣나무의 어른스러움을 보여준다 하겠다. 이처럼 이름만 가지고도 하응백은 나보다는 훨씬 어른처럼 보였다. 신체가 훤칠하고 웃음소리가 영웅처럼 호탕했다. 무엇보다 인상적인 것은 그가 인간세에 보기 드문 '통뼈'라는 점이었다.

어쩌면 우리 조상들이 푹 고아서 장복했을지도 모르는 '용가리 통뼈'와 달리 '인간 통뼈'는 현생인류가 70억을 훌쩍 넘긴 오늘날에도 쉽사리 목도하기 힘든 종족이다. 내가 이제까지 살아오면서 직접 내 눈으로 보고 확인한 통뼈는 불과 넷밖에 되지 않는데 하응백은 내가 두 번째로 만난 통뼈였다. 첫 번째 통뼈는 그의 대학 선배인 소설가였다. 그 뒤에 만난 다른 두 명의 통뼈까지 합쳐서 통뼈들의 공통점을 찾아보면 단연코 힘과 활동력, 다산성이 두드러진다. 문학권 내에 있는 사람들이라면 활동력과 다산성은 박학다식과 다작, 많은 제자와 독자로 연결된다. 하응백은 문학평론가이면서 국악연구자이고 빼어난 낚시꾼이자 출판인, 사업가이다. 다양한 분야에 다양한 저작과 저서가 있고 신문에 칼럼을 정기적으로 기고하고 있기도 하며 SNS 상에서도 유명인이다.

그는 재미있는 것이라면 무조건 좋아하고 아무런 대가도 없는 호사 취미를 가진 사람으로서 세상사의 세부를 그만의 흥미롭고 독특한 시각으로 들여다보고, 다른 사람에게 자신의 경험과 느낌을 전해주는 것을 즐겨한다. 그런 점에서 그는 평론가라기보다는 창작자에 훨씬 더 가깝다고 생각해 왔다. 이미 그의 여러 저서와 산문에서 그런 성격이 드러난 바 있지만 나는 언젠가는 그에게서 본격적인 문학, 완벽한 형태의 소설이 산출되리라는 예감을 하고 있었다. 그리고 생각보다는 더디게, 또 생각과는 전혀 다른 방식으로 쓰인 세 편의 소설을 접하게 되었다.

소설 「하 영감의 신나는 한평생」의 주인공 하 영감은 자전소설 「남중」의 '나'보다 더 작가 자신을 연상케 한다. 스스로의 내면과 뿌리를 돌아보고 환부와 흉을 세세히 살피는 일은 인지상정의 심적 저항을 불러일으키게 마련이다. 하지만 어쩌랴. 작가는 그것부터 시작하지 않으면 안 되는 것을. 진정한 작가라면 주머니 속의 송곳처럼 자신의 천성이 피부를 뚫고 나올 때 그것을 가감 없이 운명으로 받아들이고 그 과정마저 자세히 관찰해 글로 남기는 법이다. 자전적 소설인 「남중」

에서 명옥헌의 배롱나무를 보면서 황홀경에 드는 장면은 '자연히 그리하지 않고서는 배길 수 없는' 작가의 특성을 보여준다. 그런 자신에 대한 성찰과 보편적 자아로의 귀결이 좋은 소설의 몸을 이룬다.

평론과 낚시가 논리와 과학, 기술로 만들어졌다면 소설은 공감의 언어로 구성되어 있다. 구체의 언어이며 삶과 체험에서 길어 올릴 수 있는 살아 있는 언어이다. 공감은 감동과 공명을 불러온다. 그 설득력은 논리로 얻을 수 있는 것에 비할 수 없이 크다. 또한 따뜻한 생기가 있고, 생명력이 오래 간다.

「하 영감의 신나는 한평생」, 「김벽선 여사 한평생」을 통해 나는 하응백이 어떻게 해서 '생산자'의 길에 들어서게 되었는지, 호탕한 웃음 속에 은은한 배음처럼 서려 있는 짙은 서정이 어디서 연유했는지 깨달을 수 있었다. 그의 이야기에는 치우침도, '속임(僞)'도 없다. 속진의 통속성에 매몰되지 않는 진정한 삶, 세세한 성찰에서 우러나온 문장은 진진하며 진실하다. 이 울림은 쉽사리 잊히지 않을 것이다.

성석제(소설가)

어떤 치기^{稚氣}

나의 유년기는 매우 지루했다. 동네 조무래기들과 어울려 노는 게 그다지 재미있지도 않았다. 혼자서 떠가는 하늘의 구름을 보거나 마당 한쪽에 쪼그리고 앉아 개미들의 꼬물꼬물한 행렬을 구경하며 놀았다. 파리의 사체 같은 게 있으면 개미들은 자기 덩치의 수십 배나 되는 그 거대한 물체를 힘을 합쳐 자신들의 아지트로 끌고 들어가곤 했다. 가끔은 개미들끼리 전쟁이 일어나기도 했다. 그렇다고 늘 개미만 보고 있을 수는 없었다. 철둑에 가서 지나가는 기차를 구경하는 것도 재미난 일과의 하나였다.

초등학교에 입학하고 나서부터는 책을 읽는 재미를 느끼기 시작했다. 동화책 같이 스토리가 있는 글이 재미있었다. 이웃에 사는 인숙이라는 외가 쪽 친척 누나가 집에 놀러 올 때가 가끔 있었다. 스무 살 정도 되는, 소아마비로 한쪽 다리를 약간 저는 예쁜 누나였다. 그 누나가 오면 나는 내가 읽은 책의 스토리를 요약해 이야기를 들려주었다. 인숙 누나는 내 이야기를 진지하게 들어주고 끝에는 꼭 이렇게 말했다.

"넌 어쩜 이야기를 그렇게 재밌게 하니? 나중에 소설가가 되겠구나."

소설가가 무엇인지 몰랐을 때였다. 한 2, 3년 그렇게 내 이야기를 들어주던 누나는 서울로 시집을 가버렸다. 세월이 흘러 어머니 장례식 때 그 누나가 문상을 왔길래 그 이야기를 했더니, 누나는 그 일을 기억도 못했다. 나에게서 이야기를 들은 적도 없고 더군다나 자신이 그렇게 말한 적도 없다는 것이다. 내 기억의 혼선인지도 모른다.

유년기를 지나니 시간이 무척 빨리 지나갔다. 30대부터는 더욱 빨리 세월이 흘러 돌아보면 몇 년이 후딱 지나가 있었다.

문학평론을 전공하여 문학과 관련된 일을 상당 기간 하고 살았고, 그동안 쓴 글들에 소설적인 요소가 있긴 했지만, 정작 소설을 써야겠다는 마음을 먹진 않았다.

그러다가 올해 봄 소설을 써 볼까, 하는 생각이 갑자기 들었다. 내 부모님의 드라마틱한 삶을 글로 형상화하는 데는 소설 형식이 가장 어울렸기 때문이기도 하다. 플롯을 짤 것도 없이 그냥 머릿속에서 나오는 대로 쉽고 편안하게 쓰자 하고, 두 편을 완성시켰다. 두 편을 완성하니 연작으로서의 결말이 없어 나머지 한 편을 쓰지 않을 수 없었다.

이 연작 소설은 소설이기도 하고 소설이 아니기도 하다. 소설 속 삶은 절실하되 그 표현은 미숙하다. 견강부회(牽强附會)의 짜임과 어불성설(語不成說)의 비약은 모두 나의 아둔함 때문이다. 이런 치기(稚氣), 하면서 가볍게 스쳐 지나시길 부탁드린다.

2019년 가을
하응백

차
례

김벽선(金璧善) 여사 한평생

1.

"억울하다. 억울해."

어머니는 늘 억울하다는 말을 입에 달고 사셨다. 평범한 말이라도 같은 말을 여러 번 듣다보면 짜증이 나게 마련이다.

"뭐가 그렇게 억울하세요? 아들이 못해드리는 것도 아니고, 못 먹고 못사는 것도 아니고. 식구들 다들 건강하게 살고 있고…"

"그게 아이라 카이. 다른 할매들은 다 돈도 받고, 국가유공자고. 나는 청춘에 혼자되어 딸랑 니 하나 보고… 내 심정을 니는 모린다."

내가 모를 리가 있나. 나도 50년을 더 살았다. 더군다나 문학을 전공했고, 평론 나부랭이를 쓰면서 인간의 궁극이 무엇인가를 꽤 열심히 탐구했다. 어머니가 왜 억울하다고 하는지도 잘 안다.

6·25 전쟁이 한창일 때 어머니는 시집을 갔다. 신혼 사흘 만에 군에 간 남편은 전사했다. 그 후 10년 정도의 세월이 흐른 뒤, 지나가던 영감탱이에게 몸을 허락해 낳은 아이가 나다. 그 영감탱이가 나의 아버지다. 어머니와 영감탱이가 같이 산 날은 일생을 다 합쳐봐야 채 몇 달 되지도 않는다. 그러니 당연히 인생이 억울하지.

어머니의 억울병은 보훈의 달인 6월이면 더 심해졌다. 현충일이 지나 텔레비전에서 6·25 특집방송이 나오고 나면 어머니는 더욱 '억울'을 중얼거리곤 했다. 어느 해부터인가는 혼자 거의 하루 종일 버스를 타고 수유리에서 동작동 국립묘지까지 다녀오시는 것 같기도 했다. 며칠이 지나, 어머니는 지나가는 말로 한 마디 툭 던졌다.

"많이도 죽여서 묻어 놨더라."

국립묘지에 도열한 수많은 비석을 두고 하는 말일 거다. 그

많은 비석 중에서 어머니 남편의 비석은, 물론 없다. 6·25전쟁이 끝날 무렵 전사한 그분의 시신은 수습되지 못했다. 전사통지서 딸랑 하나가 그분 삶의 끝이었다는 것을 나는 잘 알고 있다. 어머니가 나에게 여러 번 이야기했기 때문이다. 생때같은 푸르른 육신이 종잇조각 하나로 소멸해 버렸다.

"죽이긴 누가 죽여요? 나라를 지키다가 돌아가신 거지."

"그게 죽인 거지. 나라가 죽인 거지. 무슨 죄가 있다고 그 생때같은 푸른 사람을 죽여?"

어머니에게 그 사람은 늘 '생때같은 푸른 사람'이다. 나라가 죽인 사람이다.

6월이 지나고 7월 어느 날 어머니는 또 지나가는 말투로 말씀하셨다.

"애비야, 시집가면 된다 카던데."

"누가 시집을 가요?"

"야가 말을 귀로 안 듣고 코로 듣나. 누군 누구야. 내가 가지."

이게 또 무슨 말인가?

"팔십이 넘은 할머니가 무슨 시집을 가요?"

"시집가는 게 아이고, 혼인신고만 하면 된다 카더라니까."

혼인신고? 이건 또 무슨 말인가?

"어머니, 그러지 말고 자세히 말씀해 보세요. 혼인신고는 웬 말이에요? 누가 그랬어요?"

"용산에, 원호청 있잖아, 요새는 보훈처라 카던가. 그길 갔는데. 내가 억울하다 캤다. 남편이 전사했는데 돈도 한 푼 못 받고 있다 캤지. 거기 있는 아가씨가, 할머니 억울하시면 시집 가라고, 그 사람하고 혼인신고 하면 된다 카던데."

"무슨 말도 안 되는 말씀을 하세요. 그게 말이 되는 이야기예요? 전사한 분하고 혼인신고라니."

"맞다카이. 분명히 그 아가씨가, 억울하면 혼인신고 하라 캤다카이. 법에 그렇게 되어 있다고."

그때 번개처럼 어떤 감이 스쳤다. 혹시? 바로 컴퓨터를 켜서 '혼인신고에 관한 법률'을 검색창에 넣어 보았다. '혼인신고특례법'이란 것이 나왔다. 특례라? 특례란 특별한 케이스란 말이니 어떤 예외 규정이 있을 수도 있다. 계속 검색을 했다. 국가법령정보센터에서 '혼인신고특례법'이 화면에 뜨는 순간, 나는 잠시 멍해졌다.

이럴 수가!

어머니 말씀대로 죽은 사람과 혼인신고를 할 수 있는 법률이 있었다.

혼인신고특례법

제1조 (목적) 이 법은 혼인 당사자 중 어느 한쪽이 전쟁이나 사변(事變)으로 전투에 참가하거나 전투 수행을 위한 공무(公務)에 종사함으로 인하여 혼인신고를 하지 못하고 사망한 경우에 관한 특칙(特則)을 규정함을 목적으로 한다.

제2조 (혼인신고) 혼인신고 의무자 중 어느 한쪽이 제1조에 따른 사유로 사망한 경우에는 생존한 당사자가 가정법원의 확인을 받아 단독으로 혼인신고를 할 수 있다.

제3조 (확인재판 관할) 제2조의 확인은 사망한 당사자의 마지막 주소지가 있는 곳의 가정법원이 관할한다.

제4조 (신고의 효력) 제2조에 따른 신고가 있는 경우에는 신고 의무자 어느 한쪽의 사망 시에 신고가 있었던 것으로 본다.

제5조 (적용 범위) 제1조에 따른 전투 또는 전투 수행을 위한 공무에

관한 사항은 대통령령으로 정한다.

5조로 된 이 간단한 법률은 해석도 그렇게 어렵지 않았다. 6·25전쟁 등에서 전사한 사람과 사실혼 관계에 있는 배우자가 가정법원의 확인을 받아 혼인 신고를 할 수 있다는 내용이었다. 어머니가 바로 여기에 해당한다. 어머니는 비록 전쟁 중이었지만 정식으로 결혼식을 올리고 시집을 갔다. 남편이 전사한 후에도 상당히 오랜 기간 시아버지를 모시고 살았다. 이건 세월이 가도 없어지지 않는 명백한 사실혼의 증거다. 그렇다면 가정법원의 판결만 받으면 혼인신고가 가능하다. 혼인신고가 되면 전사자의 아내이니 국가유공자의 유족이 된다. 유족이 되면 그에 맞는 합당한 대접을 받을 것이다. 그렇게 된다면 어머니는 억울하지 않을 수 있다.

2.

송 판사에게 전화를 걸었다. '혼인신고특례법'의 존재를 이야기하고, 내 어머니의 경우가 해당하는지를 물었다. 송 판사는 알아보겠다고 하고 전화를 끊었다. 송 판사는 판사로서는 드물게 소설을 쓰는 사람이다. 몇 년 전 소설집이 나올 때, 알음알음으로 해서 소설집 해설을 나에게 부탁했다. 전문직에 종사하는 사람 중에 문학을 여기로 하는 사람들이 적지 않아, 그렇고 그런 수준의 소설이겠거니 하고 거절할 명분을 찾다가 한두 편만 메일로 보내보라고 했다. 읽어보고 나와 맞으면 해설을 쓴다는 조건으로.

송 판사의 소설은 진지했다. 기본기도 닦여 있었다. 어린 시절의 트라우마를 극복해 나가는 과정이 진솔하게 담겨 있었다. 무엇보다 인간에 대한 애정이 있어서 좋았다. 그렇게 하여 그의 첫 소설집에 내 해설이 실려 책이 출간되었다. 그 이후 두어 번 같이 식사를 하고 가볍게 술잔을 기울였다. 내가 연상이고 문학판으로 치면 한참 선배여서, 그는 나에게 깍듯이 선생님이라 불렀다. 나는 그의 직업이 직업인지라 그를 판사님이라 불렀다.

두어 시간도 되지 않아 송 판사에게서 전화가 왔다.

"하 선생님, 이런 법이 있다는 건 저도 처음 들어서 긴가민가했는데, 찾아보니 2년 전에 대전가정법원 판례도 있더라구요. 충분히 될 것 같으니까 소송을 한 번 해보세요."

"그럼 변호사에게 맡길까요?"

"그럴 필요가 있을까 싶습니다. 하 선생님이 평론가니까, 있는 그대로 적시하면 될 거구요. 소장 작성은 제가 도와 드리죠. 준비할 서류나 작성 요령은 메일로 알려드릴게요."

송 판사는 그 다음날 바로 메일을 보내왔다. 어머니가 이 재판의 청구인이다, 청구인의 사실혼 관계를 증명할 수 있는 모든 서류를 준비하여야 한다, 돌아가신 분의 병적(兵籍)이 확인되어야 하고, 그다음에 사실혼을 증명할 수 있는 어머니의 진술과 증인들이 있다면 증인들의 진술도 필요하다, 이런 서류들을 구체적이고 사실적으로 정리하라, 이런 내용이었다. 송 판사의 메일을 보니 변호사의 도움 없이도 충분히 소송이 가능할 것 같았다. 이것저것 생각하다 보니 어머니의 일이기에 생길 수 있는 감정은 오히려 사라졌다. 객관적으로 명징하게 사건을 들여다보고 있는 나 자신을 발견하고, 송 판사의 말대로 내가 평론가답다는 생각이 들었다. 판사가 사실혼임을 판단할 수 있는 근거를 명확히 제시하면 될 일이었다.

어머니에게 어쩌면 혼인신고를 할 수도 있을 거라고 조심
스럽게 말씀드렸다. 확실하지 않은 상황에서, 만약 안 되면 어
머니의 실망을 감당할 길이 없기에 어머니 몰래 재판을 진행
하고 싶었지만, 어머니의 기억을 끄집어내어야만 진행이 될
일이었다.

"어머니, 6·25때 시집갈 때, 그때 일 기억나지요? 그 이야기
좀 해 봐요."

나는 작가와 인터뷰를 할 때처럼 녹음기를 켜 놓고 어머니
의 이야기를 듣기 시작했다. 어머니는 기억의 창고에서 가물
가물한 이야기의 끄트머리를 끄집어내기 시작했다. 대부분
내가 어릴 때부터 간간히 들어왔던 것이어서 거의 다 아는 이
야기였다. 어릴 적 어머니가 동네 아낙들이나 외가 친척들과
수다를 떨거나 할 때, 그 대화를 여러 번 엿들은 적이 있었기
때문이다.

어머니의 이야기는 두어 시간이나 지속되었다. 그 이야기
를 들으면서 나는 어머니가 탁월한 이야기꾼이구나, 소설을
써도 잘 썼겠다는 생각을 했다. 어머니의 이야기는 가끔 삼천

포로 빠지기도 했지만 대체로 사실혼을 증명할 수 있는 구체적인 증빙 자료였다. 어머니의 이야기를 끊은 것은 나였다.

"어머니, 이제 됐어요. 충분해요."

그 말을 듣고 어머니는 빛바랜 편지 봉투를 가져와서 복사본 서류 하나를 내게 건넸다.

"오래전에 혹시나 해서 선산(善山)에 갔을 때, 읍사무소 가서 뜯어 놓은 거다. 호적인지 제적인지… 여기 보면 다 있다 카더라. 그 사람 이름이 조홍래다."

조홍래… 내 아버지 이름이 아닌 어머니의 남편의 이름. 내 어머니의 정식 남편의 이름이 조홍래였구나. 이 할머니가 상당히 치밀하구나. 어머니의 억울함이 단지 감정적인 것이 아니고 나름 오래 준비된 것이었구나 하는 생각을 하면서 서류를 천천히 들여다보았다. 그 서류는 국한문 혼용 필기체로 작성된 조홍래 할아버지의 제적등본이었다. 이런 서류에 익숙하지 않은지라 한참을 들여다보고서야 조금씩 해독을 할 수가 있었다.

맨 앞 인물은 조용만이었다. 조홍래의 할아버지에 해당한다. 이분은 '출생사항을 알 수 없음으로 인하여' 출생일은 기재하지 않는다고 적혀 있다. 단기 4280년 5월 23일 사망했다. 단기 4280년은 서기 1947년이니 해방 이후이다. 이때 장남인 조민제가 호주 상속하고 아버지 조용만의 사망신고를 했다. 조민제는 3남을 두었다. 평래, 만래, 홍래. 막내인 홍래는 서기 1928년 5월 21일생이었다. 홍래의 신상이 나와 있는 부분 상단을 찬찬히 살펴보다 눈에 띄는 기록을 찾았다.

"서기 1953년 7월 14일 ○○지구에서 전사. 경북지구 병사구 사령관 준장 박경원 서기 1962년 2월 14일 보고."

1953년 7월 14일 ○○지구에서 전사! 조홍래의 사망에 관한 확실한 병적 기록이다. 경북지구 병사구 사령관이 보고한 것이니 공신력이 있을 뿐 아니라, 국방부나 육군본부에 공식적인 다른 기록도 있을 터였다. 1953년에 전사한 사람의 기록이 왜 9년이나 지난 1962년에 보고되었는지는 알 수 없었다. 하기야 1950년대는 전쟁이 끝났다고 해도 극심한 혼란기였으니 기록 정리가 제대로 되었을 리도 없었을 것이다. 구체적인 장소가 명기되지 않고 ○○지구라고만 적시되어 있는 이유는 알 수 없었다.여하간 조홍래의 병적과 전사를 확인할 수 있는 근거를 찾은 것이다.

잠자리에 들었지만 좀체 잠이 오지 않았다. 머릿속에서 이 것저것 생각의 갈피가 전개되기 시작했다. 조홍래의 병적은 확인되었지만 좀 더 구체적인 사실 관계를 확인할 필요가 있 겠고, 어머니의 진술 외에도 조홍래와 어머니의 결혼식을 보 았던 사람들의 진술이 필요하겠다…

　설핏 잠이 들었는가 했는데, 장동건과 원빈이 주연한 영화 〈태극기 휘날리며〉의 참혹한 고지 전투 장면이 휙 지나갔다. 내가 1980년대 중반 철원 와수리에서 군복무를 할 때 220 OP 에서 바라본 비무장지대 너머 오성산의 시커먼 산 그림자도 휙 스쳐 갔다. 낮은 포복을 하면서 고지로 기어가기도 했다. 4.2인치 박격포의 고폭탄이 슉 하는 소리를 내다 표적에서 섬 광을 내며 터지고, 이내 검은 연기가 피어오르는 장면에서 잠 이 깼다.

　문학평론가는 문학 텍스트를 분석할 뿐만 아니라, 자신의 꿈도 분석한다. 꿈은 현실 혹은 욕망의 무의식적 반영이다. 잠 시 꾼 꿈은 내가 본 영화 속 고지전투 장면과 나의 전투훈련 체험의 합산이다. 그 장면들이 꿈속에 나타난 이유는 무엇인 가가 내 머릿속에 저장된 기억창고의 단추를 눌렀기 때문이다. 무엇이 단추를 눌렀는지는 어렵지 않게 추론할 수 있다. 바로 조홍래다. 어머니 진술 속에 등장한 조홍래와 제적등본의 홍래가 내 경험과 합산되어 꿈에 투영된 것이다. 꿈의 의미는 간결하게 정리가 되었다.

1953년 7월 27일은 휴전협정이 발효된 날이다. 조홍래는 7월 14일 전사했다. 결혼을 하고 3일 만에 군에 소집된 그는, 2년 넘게 전장을 누비다가 휴전협정일까지 13일을 못 버티고 죽었다. 총에 맞았거나 포탄의 파편에 푸른 육신이 찢겼을 것이다. 죽은 자는 죽었지만, 그의 새색시는 13일이 억울해서 어떻게 세상을 살았을까. 억울해서.

3.

다음날 출근하자마자, 메일로 '국민신문고'에 어머니의 이름으로 전자 민원을 접수했다. 민원 제목은 '6·25때 전사한 분의 군번과 군적사항을 알려주세요'라고 했다. 조홍래의 병적 사항을 확인하기 위해서였다. 조홍래의 이름과 본적을 밝히고, 제적등본에 있는 간결한 병적 사항도 기재했다. 바로 다음

날 '국방부 육본 인사사령부 인사행정처 병적관리과'에서 회신이 왔다. 열흘 이내에 민원에 대한 처리 상황을 알려준다는 것이었다. 그동안에 어머니의 이야기를 녹음을 들어가며 글로 옮겼다. 나이 드신 할머니의 이야기니까 조금 두서는 없었지만, 순서를 바꾸거나 약간의 가필을 하며 거의 그대로 옮겼다.

원고 본인 진술서

저는 1929년에 태어났으니 올해 우리 나이로 83세입니다. 경북 선산군 선산읍 완전동에서 6남 2녀의 둘째 딸로 태어났습니다. 오빠 네 분과 남동생 둘, 언니가 있습니다. 저의 집안은 김종직의 직계로 일선(一善, 선산) 김가라면, 선산에서는 양반으로 알아줍니다.

하지만 제가 어릴 때는 일제시대라 살기가 매우 어려워 식구들이 고생을 많이 했습니다. 그래서 저는 간이학교 3개월밖에 교육을 받지 못해 겨우 한글을 읽을 수 있습니다. 해방 이전인 1944년 일제에 의해 대구 칠성동 그물 공장에 끌려가 강제로 일을 하기도 하다가 해방되는 해 징용에서 도망을 쳐 고향으로 돌아왔고 곧 해방을 맞이했습니다. 그때 아버님이 태극기를 들고

만세를 외치는 장면이 기억납니다.

6·25전쟁이 터지자 우리 식구는 청도 금천면으로 피난 갔다가 돌아왔더니 다행히 우리 집은 불타지 않았습니다. 김종직 할아버지가 쓴 글씨로 만든 병풍이 하나 있었는데, 그 병풍도 무사했습니다. 그 병풍은 이웃집에서 제삿날이면 빌려 가곤 했던 것입니다.

당시에는 20세 전에 시집을 가는 것이 보통이었지만, 저는 전쟁 중이어서 시집을 가지 못해 노처녀 소리를 들었습니다. 그러던 중 1951년 초 친정인 완전동에서 10리 정도 떨어져 있는 마을인 무실(지금의 봉곡리)에 좋은 총각이 있다는 중신아비의 말을 듣고 아버지께서 무실로 가서 신랑을 보고 와서 혼인을 결정했습니다. 아버지와 시아버지가 될 사람은 서로 친구 간이기도 했습니다. 바로 결혼을 서둘러 사주단자가 오고 혼인 날짜가 정해졌는데, 신랑에게 군에 입대하라는 소집 통지서가 나왔다고 했습니다. 마른하늘에 날벼락과 같은 소리였습니다. 그래서 양가 합의로 원래 하기로 했던 결혼 날짜를 당겨서 찬물이라도 떠 놓고 결혼을 하기로 했습니다. 혼인 날짜는 4월 15일이었습니다.

저는 결혼 전까지는 신랑 될 사람의 얼굴조차 보지 못하였습니다. 아버지께서 혼인을 결정했으니 그대로 따라야 했습니다.

결혼할 사람은 대대로 양반 집안인 함안 조씨 집안이고 이름은 홍래라고 했습니다.

초례를 치르는 날 시아버지와 신랑이 친정집으로 왔고 맞절을 하고 초례를 지내고, 바로 그날 가마 타고 죽장동을 지나 시집엘 갔습니다. 가마 타고 가는데 가마꾼들이 앞에서 '저기 똥 있다' 하면 뒷꾼들이 피해가고 그런 소리를 들었습니다. 가마가 잠시 쉴 때 동네 할머니들이 가마에 다가와 문을 열고 원삼 족두리를 쓰고 있는 내 얼굴을 보려고 족두리 댕기를 들어 보려고 했지만, 저는 그때 얼굴에 쌍다래끼가 나서 내 얼굴을 보여주지 않았습니다. 그러자 동네 할머니들이 '색시가 얼굴을 안 비주네'라고 한 말이 기억납니다. 그 할머니들이 '집에 와서 얼굴 보여줄랑가배' 하면서 집까지 따라왔고 나중에 신랑에게 '너 색시 이뿌드노?'라고 했고 신랑은 '이뿌고 말고 간에 다래끼가 나서 모르겠심더'라고 대답하는 것을 들었습니다. 첫날밤을 지내고 제가 신랑에게 '다래끼 난 것은 우예 알았으예?'라고 물으니 '모르는 척하고 봤다'고 대답했습니다.

그리고는 시댁에서 혼례를 올렸습니다. 시댁에서 쌀을 놋그릇에 떠가지고 내 손에 얹었다가 그 쌀을 신랑이 받아 다시 장롱

위에 놓고, 그 쌀로 친정 갔다 오면 밥을 해주는 것인데, 그때 처음으로 얼굴을 들어 신랑 얼굴을 잠깐 보았습니다. 그만하면 잘생겼다는 생각이 들었습니다. 그리고 오후에 다시 친정으로 갔고, 친정에서 첫날밤을 보냈습니다.

그 이튿날 아침에는 첫날밤을 보낸 신랑에게 친정 식구들이 장난을 치는 것이 풍습인데, 당시 오빠들이 곡물 장사를 하기 때문에 마침 장날이어서 모두 장사를 하러 갔기에 장난을 치지 않아서 신랑이 '섭섭하다'고 했습니다. 그래서 나도 좀 무안했습니다. 그날 오후 신랑과 중신아비(신랑의 외숙모)와 제가 걸어서 시댁에 가는데, 중신아비가 저보고 시부모에게 드릴 술이라도 가져가야 한다고 해서 제가 신랑에게 '술과 안주를 싸놓았는데 정신이 없어 가져오지 못했다'고 하니까, 신랑이 '안 그래도 내가 소고기 한 근 사고 주막에서 막걸리 한 되 받아 간다'고 말했습니다. 그래서 저는 속으로 '신랑이 생각이 깊다'고 짐작했습니다. 그날 밤 시댁에서 둘째 날을 보내고 큰댁으로 인사를 가서 밥을 먹는데, 제가 밥을 잘 못 먹으니까, 뒤안으로 불러서 저를 위로했습니다. 그리고 시댁으로 가서 살림살이를 시작하는데 시어머니는 그해 2월에 돌아가셨고, 삼 형제의 막내인 신랑과 시아버지밖에 없어 살림이 형편없었습니다.

셋째 날을 보내고 나서 신랑이 군대엘 간다고 마을에서 소고기국을 끓이고 송별회를 했습니다. 송별회가 끝날 무렵 신랑이 나에게 '내가 군대가면 친정에 가서 살아도 좋다'고 했고 저는 아무 대답도 하지 않았는데, 그런 말을 어떻게 알았는지 시누이가 와서 신랑에게 그런 말을 한다고 혼내는 것을 들었습니다. 그리고 신랑은 송별회 때 술을 먹고 취해서 마루에서 잠이 들었습니다. 그래서 시아버지가 '신랑을 방에 넣어 주까?'라고 했고, 저는 '제가 하겠다'고 하면서 신랑을 방에다 눕혔습니다.

그 다음날인 4월 19일 새벽, 신랑이 일어나 저에게 다시 '친정에 가서 살아도 된다'라고 말을 했습니다만, 저는 '걱정하지 말고 군무나 마치고 돌아오라'고 했습니다. 그때까지 시아버지 잘 모시고 살겠다고 했습니다. 그랬더니 신랑은 '내가 올 때까지 아버지 잘 모시고 살면 당신을 조선에 둘도 없는 색시로 알고 함께 살겠다'고 했습니다. 그리고는 신랑은 군대에 가는데 제가 선산읍까지 따라갔습니다. 선산읍 창천다리에서 트럭을 타고 신랑은 군대에 갔습니다. 포항 영일로 간다는 말을 들었습니다.

그 다음날 보니 시집 살림살이가 정말로 형편이 없었습니다.

옷이야 이불이야 모두 찾아내 풀을 베어 잿물을 만들어 빨래를 하고 살림을 시작했습니다. 이불도 새로 만들고 시아버지 옷도 새로 짓고 그랬습니다. 시댁의 많은 친척이 찾아와 저를 칭찬도 하고 그랬습니다. 한 번은 인근 친척들과 같이 뒷산에 가서 놀다 왔더니 시아버지가 큰기침을 하면서 못마땅해했습니다. 저는 늘 시아버지 조석 식사는 물론, 이불 펴 침수를 마련하고 요강도 씻 어서 대령하는 등, 잘 모셨습니다.

당시에 혼인신고도 하지 않았습니다. 결혼하고 사흘 만에 군 대에 갔으니 그럴 경황도 없었습니다. 그러던 중 이웃 마을에 사 는 고방실 새댁이 찾아와 신랑이 같이 면회 오라는 연락이 왔다 며 면회를 가자고 해서 떡을 해 가지고 영일로 갔습니다. 7월 7 석 날이었습니다. 어떻게어떻게 해서 신랑과 면회를 했는데, 밤 에 위병소로 가서 박 대위라는 사람에게 찾아가 하룻밤 외박을 청하라고 했습니다. 밤에 박 대위에게 가서 부탁했더니 '절대로 나쁜 말은 하지 말라, 같이 도망가면 전부 죽는다'고 했습니다. 구멍가게 뒷방을 빌려 하룻밤을 보내고 돌아 왔습니다. 그 이후 한 번 더 면회를 갔습니다. 신랑은 9월 중순에 전방으로 떠났습 니다. 6사단으로 배치를 받았다고 했습니다.

그리고 그 다음 해인 1952년 8월 신랑이 휴가를 나왔습니다. 나와서 하는 말이 '중공군이 밤만 되면 총을 콩 볶듯 쏘아댄다. 도저히 못살 것 같다, 차라리 손가락이라도 자를까?'라고 했습니다. 저는 '병신 되어 살아오지 말고, 조심해서 무사히 살아오라'고 신랑을 말렸습니다. 그리고 저는 푸른 수를 놓아 6사단 마크 10개를 신랑에게 주었습니다. 지금도 별 모양의 6사단 마크는 기억이 납니다. 그 뒤 몇 번 편지가 오갔고, 1953년 휴전이 된 직후, 8월로 기억됩니다. 신랑의 전사통지서가 왔습니다. 금화지구에서 전사했고 시신은 못 찾았다고 했습니다. 이게 진짜인지, 누가 거짓말을 하는 게 아닌지 전사통지서를 수백 번 들여다보았습니다.

전사했다는 소식을 듣고 친정에는 못 가고 시숙집(신랑의 큰형님댁)에 가서 양반집 딸이, 신랑이 죽었으니, 다시 시집도 못 가고 우예 사노 하면서 며칠을 울었습니다. 3일인가 시숙집에 있다가 시댁으로 왔더니, 시아버지는 밭을 매고 있었습니다. 아들이 죽었다고 해도 시아버지는 살겠다고 밭을 매고 있는 걸 보니, 죽은 신랑만 억울하다고 생각했습니다.

당시 시집에는 살림살이가 매우 어려워 장작도 못 때고 왕겨로 밥을 해먹고, 쌀이 떨어져 굶기도 자주 했습니다. 누군가가 전사한 사람들 가족에게 정부에서 5만 원이라는 돈이 나온다고 했습니다. 그래서 시아버지께 말씀을 드렸더니, 가타부타 말씀이 없으셨고, 시숙에게도 말씀 드렸더니, 아무 말씀이 없어, 제가 신청해 돈을 탔습니다. 그랬더니 시아버지가 난리가 났습니다. 면사무소에 가서 왜 며느리에게 주었느냐고, 그 돈은 아버지인 당신이 가져야 할 돈이라고 면사무소에서 울고 뒹굴고 그랬습니다. 그래서 하는 수 없이 시아버지께 5만원을 드렸습니다.

제가 바느질도 잘하고 음식도 잘하고 하니까 시댁 큰집에 자주 가서 제사도 모시고 그랬습니다. 하지만 살길이 없어 제가 1955년경부터 대구에 가서 삯바느질을 해서 돈을 좀 벌면 시댁으로 가서 시아버지에게 용돈을 드리곤 했습니다. 시댁의 어른들은 저에게 자식도 없으니 나갈 것을 종용했지만, 저는 오기로라도 조씨 집안 귀신이 되겠다고 마음먹었습니다.

그리고 나중에는 시아버지가 원호대상자로 정해졌는데 시아버지가 저에게는 나라에서 나온 돈을 한 푼도 주지 않았습니다. 대구에서 일도 하고 시댁으로 가면 고추 농사도 짓고 그랬지만 시아버지는 제가 언젠가는 떠날 것으로 생각하셨는지 일절 저에게는 돈을 주지 않았습니다. 그러다가 점점 대구에서 일이 많아져 대구로 나와 정착을 했고, 시아버지는 1965년경에 돌아가셨습니다.

그러니까 저는 1951년인 23살 때 시집을 가서 1953년 25살 때 신랑이 전사하고, 7년간 시집살이를 했고, 30살 때인 1958년부터 대구로 나와 혼자 살았습니다. 그 후 시댁 쪽 일가들은 거의 다 돌아가셨습니다.

판사님, 이제 제가 산다고 해도 얼마나 살겠습니까? 이제라도 부모님이 맺어주신 인연이고, 정식으로 결혼한 조홍래와 법적으로 혼인신고라도 해서 돌아가신 그분의 혼령이라도 위로하고, 저도 죽어서도 조상님을 당당하게 뵙고 싶습니다. 저는 그동안 죽은 사람과 혼인신고를 할 수 있다는 법이 있는지도 모르고 살아왔습니다. 지금 저의 신랑인 조홍래의 친척 중 저의 혼인과 결혼 생활을 기억해서 증명할 분은 다 돌아가시고 두 분밖에 남지 않았습니다. 저의 신랑의 6촌 형제들이고 선산 봉곡리에서 한마을에서 함께 살았던 분들입니다. 그분들도 고령이라 언제 돌아가실지 모릅니다. 저의 마지막 소원을 들어주시기 바랍니다.

어머니의 녹음은 여기까지였다. 어릴 때 들어서 알고 있는 내용도 있었지만, 어머니의 진술은 좀 더 구체적이고 생생해서 어머니의 결혼과 시집살이 때의 삶이 실감 나게 다가왔다. 조홍래라는 분은 휴전 직전에 금화지구 전투에서 전사했다. 그것은 어머니의 기억에서도 확인이 되었다.

인터넷에서 6사단과 관련된 전투일지를 찾아보니, 6사단은 1953년 그 유명한 철의 삼각지 전투에 투입되었다. 7월 10일부터 7월 14일까지 중공군의 최후 공세를 맞아 교암산으로부터 금성천 남안(삼현)으로 지연전을 전개하면서 철수했다고 되어 있다.

그때 돌아가신 거다. 만약 그때 단 하루만이라도 버텼다면, 15일까지만 살아남았다면 그분은 귀향해서 어머니를 '조선에 둘도 없는 색시'로 여기며 오손도손 자식 낳고 선산 봉곡리에서 촌부(村夫)로 살았을 거다. 어머니가 대구에서 영감탱이의 유혹에 넘어갈 일도 없었을 것이고, 나도 이 세상에 태어날 일도 없었을 거다.

일주일이 정도가 지나자 '국민신문고' 답신이 왔다.

*처리결과(답변내용)

○ 안녕하십니까? 귀하와 귀댁의 평안과 행운을 기원하며, 귀하가 지난 '11.7.21일 우리 군에 제출하신 민원에 대한 회신입니다.

○ 귀하께서 조홍래님의 군번확인을 위해 제시해주신 자료('제적등본 사본' 조홍래, 경북 선산군 선산읍 봉곡리, 조민제⟨父⟩, 1953년 7월 14일 oo지구에서 전사)를 바탕으로 우리 군에서 관리하고 있는 병적자료를 면밀히 검토한 결과 아래와 같이 회신합니다.

※병적확인 내용

-계급 : 故이등중사

-군번 : 0749202

-성명 : 조홍래

-입대 : '51. 9. 15

-전사 : '53. 7. 14(금화지구)

-소속 : 6사단 7연대

○ 조국을 위해 헌신하신 조홍래님의 애국충정에 머리숙여 존경과 경의를 표하며, 앞으로 이와 관련하여 궁금하신 사항은 인사사령부 병적관리과(전화 : 042-550-7354, 담당: 고민숙)로 문의하여 주시면 성실히

답변드리도록 하겠습니다. 귀하의 건승을 기원합니다.

조홍래의 군적은 확실했다. 제적등본과 어머니의 진술과도 일치했다. 한국전쟁 당시의 병사들 계급은 이등병, 일등병, 하사, 이등중사, 일등중사, 이등상사, 일등상사, 특무상사였다. 이등중사는 고참 병사였을 것이다. 계급이 이등중사든 장군이든 무슨 상관이 있으랴. 7월 14일 전사한 게 통한이다, 이런 생각을 하면서도 이분이 돌아가셔서 내가 존재한다는 것에까지 생각이 미치면 기분이 좀 묘했다.

어머니의 진술을 준비했고 조홍래의 병적이 확인되었으니, 증인들의 진술이 있으면 재판을 대비한 서면 준비는 거의 끝난다. 어머니에게 진술에 나온 6촌 형제 두 분을 만나러 가자고 말씀드렸다. 어머니는 선산 일가붙이들에게 전화를 몇 번 걸어, 그분들의 존재를 다시 확인하고 전화번호를 알아내어 그분들과 통화를 하셨다. 한 분은 선산에 살고 또 한 분은 대구에 산다는 것이었다. '그럼 찾아가서 진술을 받아 옵시다' 하고 날을 잡았다.

4.

어머니를 모시고 선산으로 향했다. 고속도로가 잘 되어 있어 3시간 조금 더 달리니 선산읍에 닿았다. 어릴 때 외가가 있었던 선산읍에는 자주 다녀본지라, 몇십 년이 지났어도 길이 익숙했다. 어머니는 미리 전화로 확인했는지 조홍래의 6촌 형인 조명래 씨 집을 금방 찾았다. 조명래 씨는 반갑게 우리를 맞이했다. 대청에 소파가 놓여 있었다.

조명래 씨는 어머니보다 4살 연상이어서 87세였지만 건강하게 보였다. 두 분은 수십 년 만에 만났지만 바로 서로를 알아보더니 반갑게 손을 맞잡았다. 집안의 대소사를 묻기도 하고 건강은 어떻다느니 하면서 이것저것 두서없는 이야기가 한동안 오갔다. 나는 그림자처럼 잠자코 기다렸다. 어머니가 조명래 씨를 왜 찾아왔는지는 이미 전화로 다 이야기를 한 모양이었다. 조명래 씨의 시선이 한참이 지나서야 나에게 머물렀다.

"이 양반은 누구여? 변호산가?"

"아이라여, 야가 내 아들이라여. 내가 대구에서 영감 하나 만나 낳은 아들."

"잘했네. 제수씨 닮아서 키도 크고, 얼굴도 잘 났네. 잘했네. 아들은 잘 낳구마."

"야가 박사여. 서울에서 회사 사장이고."

"그래, 영감은 살아 있는가?"

"어데여, 하마 벌써 죽었지러. 삼십 년도 더 지났어여."

"그래, 제수씨요. 내가 증인서면 돈은 탈 수 있다 캐여?"

"하마요. 야가 그러는데 김천에서 재판을 하면 탈 수 있다 캐여."

두 분의 대화에는 선산 사투리가 진하게 나왔다. 선산과 김천 지방 사투리는 말이 '여'로 끝난다. '그래여, 안 그래여'가 특징이다.

조명래 씨는 나를 보고 말했다.

"그라마 내가 증인 서야지러. 우예 말 하마 되는지 말해 봐여."

"우선 어르신이 누구신지, 그리고 돌아가신 조흥래라는 분과 어떤 관계인지 말씀해 주시고, 어머니가 결혼할 때 이야기든 시집 살 때 이야기든, 생각나시는 대로 해주시면 됩니다."

조명래 씨의 이야기가 시작되었다. 조명래 씨는 장황하게 이야기하지 않고 핵심만을 비교적 간단히 이야기했다. 나는 준비한 노트북을 꺼내 그분의 진술을 입력했다.

증인진술서1

저는 올해 87세로 경북 구미시 선산군 봉곡리에서 대대로 살아왔으며, 지금은 선산읍 이문동에 살고 있습니다. 저의 아버님의 함자가 조순제이시고, 할아버지의 함자가 조용구이고, 증조부 함자는 조철민입니다. 조홍래의 할아버지인 조용만은 저의 할아버지의 형님이십니다. 그러니까 조홍래는 저의 재종형제, 6촌 동생이 됩니다. 홍래는 저보다 세 살 아래여서, 한 마을에서 어릴 때부터 같이 자랐습니다.

기억이 가물가물하지만 6·25전쟁이 터지고 그 이듬해 홍래가 선산읍에 있는 일선 김씨 색시와 결혼했습니다. 시집온 색시는 처음에는 잘 보지 못했지만 나중에 보니 키가 멀대같이 컸습니다. 결혼하고 얼마 되지 않아 홍래는 입대를 했고, 휴전 직후에 전사 통지서가 왔습니다. 조홍래의 아버지이고 저에게는 5촌 아저씨가 되는 조민제 종숙이 크게 슬퍼했던 기억이 납니다.

새색시는 남편인 홍래가 전사한 후에도 시집살이를 7, 8년 했던 것으로 기억납니다. 그리고 새댁이 가끔 대구로 가서 바느질을 하다가 시집으로 다녀가곤 했는데, 7, 8년 지나 대구로 갔다고 했습니다. 종숙이 심하게 하지 않았더라면 평생 시집살이를 했을 것입니다. 그 이후에도 가끔 선산장에 가면 소식이 들리곤 했는데 대구로 가서 살고 있다고 했습니다.

이름이 유별나서 기억하고 있는데, 김벽선이라는 색시는 저의 6촌 동생인 조홍래와 전쟁 통에 결혼했고 그 후 한 7, 8년 시집살이를 한 것이 확실합니다.

조명래 씨의 진술이 마무리되었다. 나는 가지고 온 휴대용 프린터를 노트북과 연결해서 진술을 출력해 조명래 씨에게 한 번 읽어 드린 다음 그 분의 자필 서명을 받았다. 미리 부탁해 놓은 인감증명서도 받았다. 이것으로 증인1의 진술서는 마무리된 셈이었다.

아침 일찍부터 서둘렀지만, 진술 확인을 하고 나니 점심때가 훨씬 지났다. 조명래 씨에게 식사 대접이라도 하겠다고 하자, 읍사무소 근처 돼지 국밥집으로 우리를 데려갔다. 좀 더 비싼 거 드셔도 된다니까, 국밥 맛있다고 촌 음식이지만 먹을 만하다고 하셨다. 국밥은 좀 투박했지만 맛있었다.

대구 대명동에 도착한 것은 오후 4시가 지나서였다. 증인2에 해당하는 조남래 씨와는 그분 집 근처 커피숍에서 약속이 되어 있었다. 조남래 씨는 1960년대 이후 대구로 나와 운전을 하면서 살았다는데, 대도시에서 오랜 삶을 산 분답게 '용건만 간단히' 식이었다. 그렇다고 호의적이 아닌 건 아니었다. 선산을 들렀다 왔고 오늘 서울로 올라간다고 하니, 그러면 급할 거라고 빨리하자고 오히려 그분이 서둘렀다. 인사를 나누고 바로 진술서를 작성했다.

증인 진술서2

저의 아버지는 조상제이고 할아버지는 조용구입니다. 증조부는 조철민입니다. 조홍래의 할아버지인 조용만은 저의 할아버지의 형님이십니다. 조홍래는 저의 재종형제이고 저에게는 6촌 형님이 됩니다. 조홍래 형님은 저보다 다섯 살 위고 한마을에 살았으니 잘 기억합니다.

제가 18세 때 전쟁이 터졌는데 전쟁이 나고 그다음 해 홍래 형님은 선산읍에서 시집온 김벽선과 결혼했습니다. 일선 김씨라고 하는 김벽선 형수는 홍래 형님과 결혼한 이후에 저하고도 친했습니다. 말이 없이 조용조용 농사일을 잘했고, 시부모도 잘 모셨습니다. 키가 컸습니다.

홍래 형님이 군대에 가고 마을 젊은이들이 뒷산에 가서 노는데, 노래를 하고 그랬습니다. 저는 그때 총각이었는데 형수님 차례가 오자 형수님이 노래를 잘 못 불러 제가 거들어 준 적이 있습니다.

홍래 형님이 휴전 무렵 전쟁터에서 죽었다는 통지서가 와서 김벽선 형수는 친정으로 갈 거라고 생각했는데 그 이후로도 꽤 오래도록 시집살이를 했습니다. 그리고 그 후에도 대구에서 우연히 만난 적이 있는데 혼자 산다는 이야기를 들었습니다.

김벽선 형수님과 홍래 형님은 전쟁 중에 결혼했고, 홍래 형님이 사망한 이후에도 형수님이 홍래 형님의 집에서 오래 시집살이를 해서 한마을에 살았던 것은 틀림없는 사실입니다.

이렇게 해서 어머니와 조홍래의 결혼을 증명할 수 있는 생존자의 증언은 다 받은 셈이었다. 하루 동안에 선산과 대구를 거쳐 서울로 상경했다. 어머니는 피곤하실 법도 했지만, 상경하는 차 속에서도 한잠도 주무시지 않았다. 말없이, 고속도로 밖의 깊은 어둠만을 내내 보고 계셨다.

며칠이 지나 점심시간에 송 판사를 찾아갔다. 송 판사의 자문을 한 번 더 받기 위해서였다. 아무래도 전문가도 아닌 내가 이렇게 저렇게 만들어 놓은 서류가 미심쩍었다. 송 판사는 빠른 속도로 서류를 휙휙 넘기며 보더니 입을 떼었다.

"다 잘하신 것 같고… 다만 이 소송은 어머니께서 직접 하시는 것보다는 하 선생님이 소송대리인이 되어서 진행하는 게 맞는 거 같아요. 그게 판사 입장에서도 명쾌할 거고… 제가 소장 앞부분은 양식을 만들어 왔습니다. 이걸 참고하시고…"

송 판사는 사무적으로 정리를 해주고 바로 법원으로 들어갔다. 사무적이어서 오히려 편했다. 송 판사를 만나고 나서 다시 입증 서류를 정리했다. 소송대리인이 내가 되어야 한다면, 소송 위임장, 인감증명서, 가족관계증명서 등도 준비해야 한다.

차근차근 정리를 하다가 보니 논리적으로 문제가 하나 있음을 발견했다. 바로 나의 존재 때문이었다. 어머니의 가족관계증명서에는 자녀로 내가 올라 있다. 자식이 있다는 건 재혼을 했다는 말이고, 재혼을 했다면 어머니와 조홍래와의 혼인 청구는 원천적으로 불가능할 거였다. 하지만 어머니는 재혼하지 않았다. 법적으로는. 호적상 어머니는 미혼이다. 처녀의 가족관계증명서에 아들이 있을 수 있는 경우는 양자를 입양했을 때다. 어머니가 그랬다. 법적으로 나와 어머니는 친자(親子) 관계가 아니라 양자(養子) 관계다.

어머니가 영감탱이를 만나 나를 낳고 난 뒤, 나는 아버지의 아들이 되어 아버지의 호적에 올랐다. 아버지는 배우자가 있었으므로, 나는 아버지와 아버지 본처의 아들이 되었다. 나는 태어나서부터 어머니와 살았지만 법적으로는 어머니의 단순한 동거인이었다. 초등학교 다닐 때 한 담임선생님은 나의 주민등록등본을 보고서 왜 어머니가 어머니가 아니고 동거인이냐고 물어본 적이 있다. 나는 다 알고 있었지만 '모른다'고 대답했다.

아버지가 돌아가시자, 나와 아버지의 배우자는 아무 상관이 없게 되었다. 내가 성장하고 장가를 들고 어머니가 연로해

지시면서, 어머니를 보호할 법적인 장치를 만들기 위해, 나는 어머니에게 입양되기로 결정했다. 내가 '큰엄마'라고 부르는 아버지의 정식 아내와 아버지가 돌아가시고 호주가 된 이복형의 동의를 받아 법원에 신청하여, 법적으로 나는 친어머니의 양자가 되었다. 공식적인 법적 서류만으로 그 일이 진행되었기에, 관련된 사람들의 실제적인 삶에는 아무런 갈등도 변화도 없었다. 그렇게 하여 나는 법적으로는 친어머니의 양자로 살아가고 있다. 나와 어머니의 관계를 증명할 수 있는 공식 서류가 바로 입양관계증명서이다. 어머니의 입양관계증명서를 떼어보니, 어머니 본인의 인적 사항 아래 양자로 내가 기재되어 있고 나의 생년월일과 주민등록번호가 나와 있다. 아주 간단명료했다.

　그렇게 모든 서류 준비가 끝났다. 바로 소장을 작성했다.

전사자와의 혼인확인 청구서

사건　　전사자와의 혼인확인
청구인　　김벽선(291002-2******)

주소:서울시 강북구 우이동 72-***

송달장소: 서울시 종로구 경운동 88 수운회관

등록기준지: (경북 구미시 선산읍)

소송대리인: 자(子) 하응백(610304-1******)

연락처:010-****-****

사건본인 망 조홍래(1928년 5월 21일생)

주소: 경북 구미시 선산읍 봉곡리 254번지

등록기준지:경북 구미시 선산읍 봉곡리 254번지

청구취지

청구인은 1951. 4. 15. 사건본인과 혼인하였으나 혼인신고를 하지 못한 채 사건본인이 군 복무 중 1953. 7. 14. 강원도 금화지구에서 전사하였음을 확인한다.

청구원인

혼인신고특례법은 다음과 같이 규정하고 있습니다.

제1조 (목적) 이 법은 혼인 당사자 중 어느 한쪽이 전쟁이나 사변(事

變)으로 전투에 참가하거나 전투 수행을 위한 공무(公務)에 종사함으로 인하여 혼인신고를 하지 못하고 사망한 경우에 관한 특칙(特則)을 규정함을 목적으로 한다.

　제2조 (혼인신고) 혼인신고 의무자 중 어느 한쪽이 제1조에 따른 사유로 사망한 경우에는 생존한 당사자가 가정법원의 확인을 받아 단독으로 혼인신고를 할 수 있다.

　제3조 (확인재판 관할) 제2조의 확인은 사망한 당사자의 마지막 주소지가 있는 곳의 가정법원이 관할한다.

　청구인은 아래 사유로 위 혼인신고특례법에 기하여 전사자와의 혼인신고를 청구합니다. 보다 구체적인 사유는 첨부한 청구인 본인 진술서를 참고하시면 됩니다.

　1. 청구인은 1929년 경북 선산군 선산읍 완전동에서 6남 2녀의 둘째 딸로 태어나 위로 오빠 네 분과 남동생 둘, 언니 하나가 있습니다…

입증방법

1. 청구인의 가족관계증명서

2. 청구인의 주민등록등본

3. 제적등본 (사망본인 전사확인 등)

4. 병적증명서 (사망본인)

5. 청구인 본인 진술서 및 인감증명

6. 증인 조명래 진술서 및 인감증명

7. 증인 조남래 진술서 및 인감증명

첨부서류

1. 각 위 입증방법

1. 소송대리허가신청서

1. 위임장

1. 가족관계증명서

1. 인감증명서

2011. 8. 4
청구인 김벽선

청구원인이 핵심이므로 청구의 이유는 어머니의 진술을 간

략하게 요약했다. 소장을 작성해보니, 어떤 작품을 읽고 논제를 발견하여 논리적으로 평론가의 관점과 입장을 제시하는 평론과 크게 다름이 없었다. 다만 미사여구나 상상력과 같은 문학적인 장치를 배제하고 건조하게 사실관계 확인에 집중하는 것이고, 그 근거 자료는 텍스트 대신에 제적등본과 같은 공식적인 문서라는 점이 다르다면 다른 점이었다. 평론은 다중의 독자들을 상정하기에 보다 설명적이어야 하지만, 소장은 판사 한 사람만을 대상으로 하고 그 대상이 상당히 높은 독해력을 가졌다고 판단할 수 있기 때문에, 오히려 의미 전달만 분명하게 하면 될 것이었다. 이를테면 고급 독자 한사람을 법에 근거한 논리적 명징성으로 설득하면 될 글이었다. 그렇다고 해도 용어나 양식, 논리적 흐름에 허점이 있을지도 몰라 송 판사에게 염치 불고하고 한 번 더 메일을 보냈다. 송 판사는 좋다고, 바로 등기 우편으로 보내도 된다고 회신을 보내왔다.

5.

우편으로 소장을 보내고 서너 달이 지났다. 어머니가 가끔 어떻게 되어 가느냐고 물어보았다. 원래 이런 건 한 1년은 걸리니 좀 느긋하게 기다리시라고 했고, 어머니는 순순히 그러마고 했다. 그러고는 이런저런 일 때문에 소송에 대해 잊어버리고 있었다. 꼭 소송에서 법원의 혼인 허락을 받을 것이라고도 생각하지 않았다. 논리적으로 별 하자가 없다 하더라도 이 소송 자체가 비현실적이었다. 혼인신고특례법 자체가 상당히 비현실적으로 보였다. 법을 국가가 관장하는 건 맞지만 이미 오랜 세월이 흘렀다. 그 사건은 역사의 한 편으로 편입되고 말았다. 죽은 지 60년이 다 되어가는 사람과 혼인을 한다는 게 상식적으로 말이 되는가?

판사가 "이 건은 이미 역사입니다. 현실이 아닙니다. 역사책에 기입하시지요. 그분의 명복을 빌며 어머님의 건강을 기원합니다."라고 쓴 편지를 보내올 것 같기도 했다.

가을이 한창일 때 대구지방법원 김천지원으로부터 한 통의 등기우편을 받았을 때도 그런 내용이 아닐까 하고 천천히 우편물을 개봉했다.

대구지방법원 김천지원

보 정 명 령

사 건   2011느단2** 전사자와의 혼인확인청구

청 구 인   김벽선

사건본인   조홍래(280521-)

청구인은 이 명령을 받은 날로부터 10일 안에 다음 사항을 보정하시기

바랍니다.

다   음

1. 청구인의 혼인관계증명서를 제출하시기 바랍니다.

2. 망 조용만, 조용구의 각 제적등본을 제출하시기 바랍니다.

2018. 10. 26

판사 김 춘 길

보정명령이라… 처음 들어본 용어였다. 명령이란 말이 있

어 좀 놀랐다. 법원에서 명령을 하니 보통 사람인 나는 놀랄 수밖에 없다. '보정'이란 무엇을 보충하거나 고치라는 말 같고, '명령'이란 말은 군대 냄새가 나는 구닥다리 말이긴 해도 무슨 말인지는 알겠다. 차라리 '보정요청'이라고 하면 좋을걸, 명령이라곤 했지만 말투는 '제출하시기 바랍니다'니 끝은 부드럽군, 이런 생각을 하며 그 명령 내용을 곰곰이 들여다보았다. 1항의 어머니의 혼인관계증명서 제출? 이건… 그렇구나. 어머니가 법적으로 혼인을 한 적이 있는지를 확인하고자 하는 거구나. 혼인한 사실이 없으니, 이건 발급받으면 된다. 2항의 조용만과 조용구의 각 제적 등본이 왜 필요한지도 이해가 되었다. 증언자 두 사람이 전사한 조홍래와 6촌 형제라고 했으니, 조홍래와 6촌 형제들 간의 관계를 서류상으로 증빙을 하라는 말이었다.

그제야 나는 현실감이 들었다. 내가 제출한 소장을 판사는 제대로 읽었다, 판사는 핵심을 파악하고 있다, 때문에 미비한 공식적인 증거자료를 제출하라고 하는구나, 이런 생각을 하자 판사에 대한 신뢰감이 생겼다. 이런 판사라면 이건 충분히 가능한 재판이다. 다만 10일밖에 시간이 없으니 서둘러야 했다.

다음날 일찍 일어나 선산읍사무소로 차를 몰았다. 민원업무를 담당하는 공무원에게 가서 법원의 보정명령을 보여주고, 사건의 취지를 이야기했다. 한가하던 오전 읍사무소에 잠시 활기가 돌았다. 그 지역민이 아닌 사람이 양복을 차려입고 와서 좀 색다른 이야기를 하는 게 궁금했는지 상급자 두어 사람이 와서 자초지종을 듣더니, '그런 일이라면 우리가 당연히 협조'해 드리는 게 도리라고 했다. 몇 분이 읍사무소 안쪽 캐비닛이 있는 방으로 들어가 조용만과 조용구의 제적등본을 찾아왔다.

"이게 맞지요?"

확인해보니 틀림없었다. 나는 혹시 몰라 두 통씩을 요청했다. 등본을 발급받아 읍사무소를 나오니 바로 빵집이 눈에 띄었다. 파운드 케이크를 두 상자 사서 읍사무소 담당자에게 가져다주며, 그냥 고마워서 그러니 나누어 드시라고 했다. 정말 고마웠기 때문에 그랬다. 전 읍사무소에서 한자(漢字)에 밝은 분이 다 동원되어, 조용만과 조용구의 오래된 제적등본을 신속하게 찾아주었던 것이다. 이런 공무원들이라면 세금 내도 덜 아깝다.

선산읍사무소에서 김천지원까지는 고속도로를 이용하니 1시간이 채 걸리지 않았다. 법원 민원실에 도착하여 민원실 테이블에서 노트북을 열고 조홍래 집안의 가계도를 그렸다. 박경리의『토지』나 김주영의『객주』와 같은 대하장편소설에 대한 평론을 쓸 때, 평론가는 등장인물 간의 관계를 명확히 파악하기 위해 주인공 집안의 가계도나 주인공 중심의 인물도를 표로 그린다. 그렇게 가계도를 그려놓고 보면 소설의 이해가 훨씬 빨라진다. 판사도 마찬가지일 것이다. 조홍래를 둘러싸고 제적등본에 여러 인물이 등장하니, 일목요연하게 정리해서 제출하면 훨씬 판단이 용이할 터였다. 1시간 정도 걸려 가계도가 완성되었다. 작성이 끝난 다음에 휴대용 프린트로 출력하여 보정명령과 관련한 서류와 함께 제출했다.

조홍래 가계도(조홍래와 진술인과의 상관관계)

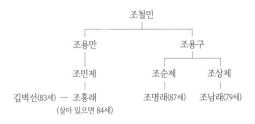

김천지원에 다녀온 지 두어 달이 지나고 어느덧 해가 바뀌었다. 1월이 되어도 어머니는 별말씀이 없었지만, 간절하게 소식을 기다리고 있음이 분명했다. 짠한 마음이 들어서 나는 어머니에게 조금 더 기다리면 좋은 소식이 올 것 같다고 말씀드렸다. 보정명령을 수행했으니, 좀 자신감이 생겼기 때문이기도 했다.

"평생을 기다렸는데, 몇 달을 못 기다리겠노. 나는 괜찮다."

"그래요, 어머니. 조금 더 기다려봅시다."

새해가 되고 얼마 지나지 않은 어느 날 김천지원에서 등기우편이 왔다. 이제 확정 판결인가 하는 기대감으로 우편물을 개봉했더니 같은 판사로부터 온 보정명령이었다. "망 조홍래의 형제들의 생존 여부를 밝히고, 그 소명자료를 제출해주시기 바랍니다"가 명령의 내용이었다. 그 문장을 보는 순간 아차, 하는 생각이 들었다. 증언자는 육촌 형제이므로 친형제가 살아있다면, 굳이 육촌 형제를 증언자를 내세울 필요가 없다. 친형제가 사망하고 없으니 육촌 형제에게 증언을 부탁했던 것이지만, 판사 입장에서는 친형제의 사망을 공식적으로 확인하는 것이 맞다. 보정명령의 내용이 충분히 이해가 되었다.

대개 판사는 상식적으로는 죄가 있거나 없음을 판단하는 사람이다. 하지만 이 사건의 경우는 판사와 내가 같이 진실을 찾아가는 동반자라는 느낌이 들었다. 어머니가 6·25 때 결혼을 했고 남편이 전사했다는 것이 진실이다. 판사와 나는, 둘 다 그 진실을 60년도 더 지난 시점에서 입증하려 하고 있다. 얼굴 한 번 본 적이 없지만 그 판사에게 동지적 유대감 같은 것이 느껴졌다. 한편으로는 이 보정명령이 마지막이구나 라는 생각도 들었다.

2차 보정명령의 소명자료는 조홍래의 형인 조평래와 조만래의 제적등본을 첨부하면 될 것이어서 어려운 일은 아니었다. 다시 선산으로 내려갔다. 읍사무소로 바로 갈까 하다가 법원의 보정명령을 앞세워 남의 집안을 샅샅이 뒤지는 것 같은 오해를 살까봐, 조명래 씨 집으로 먼저 찾아갔다. 다행히 조명래 씨는 나를 기억하고 반갑게 맞아주었다. 나는 찾아온 이유를 설명하고, 읍사무소에 같이 가줄 수 있겠느냐고 내가 할 수 있는 최대치의 미안한 표정을 지으며 말씀드렸다. 그는 기꺼이 동행을 해주겠다고 했다.

"참, 내가 지난번에 잊어버리고 못 주었는데, 이거도 도움이 될 거여. 홍래가 나오는 부분은 내가 접어놓았어."

그가 내민 건 두툼한 족보였다. 바로 그 자리에서 접힌 부분을 펼쳤다. 아니, 이럴 수가. 거기에는 조홍래 부분에 자부(子婦)로 '일선 김(金)가, 벽선(璧善)'이라는 글씨가 뚜렷이 박혀 있었다. 조씨 집안의 족보에 어머니는 분명하게 등재되어 있는 것이다.

조명래 씨와 읍사무소에 가니, 읍사무소 담당자는 내 얼굴을 알아보았다.

"혼자 오셔도 해 드릴텐데, 할배를 모시고 오셨네요."

나는 한적한 선산읍에서 복사할 곳을 찾기 힘들 듯해, 족보의 접힌 부분 복사도 부탁했다.

선산에서 다시 김천으로 향했다. 자료를 제출하면서 간단한 메모를 첨가했다.

존경하는 판사님께

조홍래의 부친은 조민제이며, 조민제는 3남을 두고 있습니다. 3남은 조평래, 조만래, 조홍래입니다.

조평래는 1978년 2월 14일, 조만래는 1981년 4월 25일 각각 사망했습니다. 조홍래와 김벽선의 혼인을 증언할 사람 중 생존자는 조명래와 조남래 밖에 없어 그들의 증언을 받았던 것입니다. 조평래와 조만래 각각의 제적등본과 조씨 집안의 족보를 첨부합니다.

타인에게 편지를 쓸 때, '사랑하는'이라는 말은 이름 앞에 많이 붙여보았지만 '존경하는'이라는 말은 처음 써봐서 손이 좀 간지럽기는 했다. 법정 드라마에서 변호사가 변론을 시작하면서 늘 서두에 '존경하는 판사님…' 하는 것을 보고 흉내를 내었지만, 존경의 마음이 일었던 것도 사실이다.

6.

3월 중순이 지나 어느 날 오전 김천지원에서 우편물이 왔다. 이번에는 확정 판결이겠지 하고 개봉했다.

확 정 증 명 원

사　　건 : 대구지방법원 김천지원 2011느단2** 전사자와의 혼인확

인청구

청 구 인 : 김벽선

사건본인 : 망 조홍래

증명 신청인 : 청구인 대리인 하응백

위 사건에 관하여 아래와 같이 확정되었음을 증명합니다.

청구인 김벽선 : 2012. 3. 21. 확정. 끝

2012. 3. 22

대구지방법원 김천지원

법원주사 김 중 식

　　간단했다. 간단한 이 한 장의 증명원을 받으려고 1년 동안

김천과 선산을 두어 번 오르락내리락하였고 여러 서류를 준

비했다. 좀 허무하기도 했다. 하지만 어머니에 비하면 나는 아무 것도 아니다. 바로 어머니에게 전화를 걸었다.

"어머니, 되었어요. 법원에서 혼인신고 해도 된다고 편지가 왔어요."

확정증명원은 법원이 혼인을 보증하는 거니, 이 증명원을 가지고 구청으로 가면 혼인신고가 가능하다. 내가 결혼할 때만 해도 혼인신고는 남자의 본적지 구청에서만 가능했다. 요즘은 전국 어느 구청에서나 가능하다. 다음날 내 차로 구청으로 같이 가서 혼인신고를 하자고 했지만, 어머니는 급했다. 바로 내 사무실로 오시겠다는 거다. 다리도 편치 않으니 내가 모시러 가겠다고 해도 택시를 타고 오시겠단다. 생전 타지 않는 택시지만 혼인신고를 하는 날이니 택시를 타시겠단다.

사무실 앞에서 기다리다가 어머니를 맞았다. 어머니 얼굴에는 화색이 가득했다.

"고생했다. 잘난 아들 덕뿐에 시집도 가고…"

칭찬에 인색한 어머니지만 '잘난 아들'을 연발하셨다.

내 차로 어머니와 함께 종로구청으로 갔다. 주차장에 차를 세우고 민원실까지 가는 어머니의 발걸음은 두 무릎에 인공

관절을 넣은 노인네의 발걸음이 아니었다. 남편의 손이 아니라, 아들의 손을 잡고 혼인신고를 하러 사뿐사뿐 걸어가는 어머니의 걸음은 새색시의 걸음 같았다.

민원실 창구에서 혼인신고 하러 왔다니까, 담당 공무원이 아주 의아스럽게 쳐다보았다. 그도 그럴 것이다. 중년의 남자와 어머니뻘쯤 되는 할머니가 혼인신고를 하러 왔으니. 내가 확정증명원을 보여주며 자초지종을 설명하자, 그제야 이해가 된 공무원은 혼인신고서 작성 요령을 매우 친절하게 알려주었다.

혼인신고를 하니 어머니는 공식적으로 망 조홍래의 처(妻)가 되었다. 그 서류를 가지고 며칠 후 방학동에 있는 서울북부 보훈지청에 가서 국가유공자 유족 연금 신청서를 작성했다.

어머니가 뒤늦게나마 혼인신고를 하려고 한 목적이 바로 국가유공자 유족 연금에 있음을 나는 잘 알고 있다. 가난해서 못 먹고 못 사는 것도 아니지만, 내가 용돈을 넉넉하게 아니 드리는 것도 아니지만, 어머니는 검소를 넘어 심할 정도로 돈을 절약하며 살았다. 심지어 폐지를 줍는 일도 있어, 내가 고함을 질렀더니 어머니는 이렇게 말씀하셨다.

"아들 버는 돈이 더 어렵다."

좀 그러지 마시라고 해도 어머니는 변함이 없었다. 애비없이 키운 아들에 대한 미안함이 어머니 마음 한편에 똬리를 틀고 있음을, 나는 안다.

7월 무렵 사무실에서 어머니의 전화를 받았다.

"애비야. 돈 나왔다. 500만 원이 넘어. 4달 친가, 한꺼번에 나왔어."

지난번 보훈지청에 갔을 때 설명을 들은 기억이 났다. 국가유공자 유족 지정에는 서너 달의 시간이 걸린다. 대신 국가유공자 유족으로 확정이 되면, 법원의 확정판결일 기준으로 소급하여 그 달부터 매달 유족연금이 지급된다고 했다고 했다. 월 135만 원가량이라는 말도 덧붙였다.

"이제 남편 돈으로 살아보겠네. 60년 만에."

그 말을 듣고 나는 내 가슴으로 무엇이 훅 치고 지나감을 느꼈다. 남편이 벌어다 주는 돈, 남편의 보살핌, 남편의 사랑. 평생 어머니가 받지 못한 것들이었다.

7.

그로부터 어머니는 7년을 더 사셨다. 뇌졸중으로 쓰러져 마지막 3년은 병원에 계셨다. 처음 발병했을 때는 국가유공자의 유족으로 보훈병원에서 치료도 받았다. 나중에는 집에서 가까운 요양병원에 모셨다. 조금씩 올라 월 150만 원가량 된 어머니의 유족 연금은 간병비를 포함한 입원비로 딱 맞았다.

일주일에 한 번 정도 어머니가 좋아하는 우럭, 광어, 참돔 등의 자연산 회를 낚시로 잡아 가져다드렸다. 혹 낚시를 못 갔을 때는 아내가 부쳐준 따뜻한 배추전이나 부추전을 가지고 갔다. 어머니는 내가 가면 늘 환한 얼굴이었다.

"애비야, 좋다. 살면서 이래 좋은 적은 없었다."

"인제는 안 억울하지요?"

"억울하기는. 좋기마 하구만."

"뭐가 그리 좋으세요?"

"병원에서 삼시 세끼 밥 잘 주지, 아들 돈 축낼 일 없지. 아들이 맛있는 거도 주지. 덥기를 하나, 춥기를 하나."

나는 어머니의 죽음을 대비했다. 상조회에 가입해 매달 얼마씩을 적립했고, 여러 번 답사 끝에 용인에 8기짜리 가족묘도 마련했다. 시인 목월이 소설가 김소진이 묻혀 있는 곳이었다.

해가 바뀌고 설이 되어 설음식을 싸 들고 어머니에게 갔다. 6인실 병실 한편에 높이 달려 있는 텔레비전은 간병인만 열심히 보고 있었다. 전남 고흥으로 열기 낚시를 갔을 때 녹동항에서 사 와서 부드럽게 삶은 문어를 어머니는 맛있다고 잘 드셨다.

2, 3일이 지나 병원에서 연락이 왔다. 아무래도 체한 것 같은데 통 음식을 못 드신다고 어머니를 중환자실로 옮긴다고 했다. 그다음 날 병원이 갔더니 의사는 마음의 준비를 하라고 조심스럽게 말했다.

어머니는 기력이 거의 쇠진해 있었다. 어머니의 손을 잡으니, 당신의 입 가까이 내 얼굴을 대라고 하시는 것 같았다. 귀를 가까이 대었더니, 힘겹게 말씀하셨다.

"고맙다… 애비야… 애들 엄마하고 아이들하고 잘 살아…"

그때는 그것이 유언인지도 몰랐다. 다음날 퇴근하려니 겨울비가 부슬부슬 내리고 있었다. 친구 몇몇과 인사동의 술집에 들어가 막 술잔을 기울이려고 할 때 병원에서 전화가 왔다.

임종이 가까우니 빨리 오라는 거였다. 퇴근 시간이라 보문동의 병원까지 차가 좀 막혔다.

병원에 도착했을 때 어머니는 이미 눈을 감고 숨을 거두셨다. 얼굴에 손을 대었더니 아직 체온이 남아 있어 따듯했다. 편안한 얼굴이었다. 나는 온기가 남아 있는 어머니의 손을 잡고 잠시 울었다.

잘 가세요. 어머니.

하 영감의 신나는 한평생

1.

"그날 탕수육을 첨 먹어 봤지."

어머니는 몇 번이나 들려준 이야기를 또 시작했다. 뇌졸중으로 병실에 누워 계신지 2년, 심심하기도 하실 거다. 내가 일주일에 한 번 정도 병원에 들르면 그때부터 중편 소설 하나 분량의 이야기가 시작된다.

"처음 본 영감 앞에서 부끄러워서 먹을 수가 있나."

시간 순서대로 정리하면 이런 이야기다.

색시는 대구 원대동에 사글셋방을 얻어 바느질을 시작했

다. 1950년대 말 여자가 돈벌이를 할 수 있는 거라곤 그다지 많지 않았다. 색시는 바느질 솜씨가 있어 손으로 돌리는 싱거 미싱 하나를 장만해 한복을 짓기 시작했다. 다행히 대구 서문 시장에 먼 일가붙이가 있어 일감을 주었다. 요즘 말로 하면 한 복 하청일이다. 옷감과 주문 치수를 받아 집에서 한복을 지어, 서문시장 옷감 가게로 가져다주면 되는 일이다. 당시에는 옷 감 가게에서 옷감을 팔기도 했지만 원하는 고객에게는 치수 를 재어 맞춤도 주선했던 모양이다. 색시는 완성된 옷도 가져 다주고 일감도 받으려고 일주일에 한두 번, 원대동에서 걸어 서 서문시장으로 갔다.

점심도 거르고 서문시장에 가서 옷을 가져다주고 돌아오는 길, 한 영감이 색시를 뒤따라왔다.

"그 엉큼한 영감이 나를 다 알아본 기라."

그 영감은 서문시장에 있는 큰 싸전과 완구점 주인이었다. 장사는 아내에게 맡겨두고 북에서 내려온 피난민들 중 배짱 이 맞는 사람들과 장기를 두거나, 다방에 가서 레지들과 노닥 거리는 일이 영감의 주된 일과였다. 영감은 시장을 오락가락 하다가 색시를 발견하고는 눈독을 들이다가 색시가 누구인지

뒷조사를 해보았다. 뒷조사라야 뭐 별 게 있는 것도 아니었다. 전쟁 통에 과부가 되어 아이도 없이 혼자 살고 있는 서른 살의 여자. 그 정도면 충분했다.

"색시, 시장할 텐데 요기나 하러 갑시다."

영감의 첫 작업 멘트였다. 시장에서 스쳐 지나가다가 본 적은 있는 영감이었다. 마침 배가 몹시 고팠던 색시는 말없이 영감을 따라갔다.

"그때 내가 왜 따라갔나 몰라. 뭐에 덮어 씌였던지…"

영감은 색시를 청요리집으로 데려갔다. 영감은 탕수육을 비롯한 이런저런 요리를 잔뜩 시켰다. 모두 색시가 처음 본 음식들이었다. 어서 많이 먹으라는 영감의 달콤한 권유에도 불구하고, 색시는 부끄러워서 잘 먹질 못했다.

식사가 끝나고 청요리집을 나올 때 색시는 영감에게 말했다.

"저거 싸 가고 싶은데…"

말이 입에서 떨어지지 않았지만, 색시는 아까워서 도저히 그냥 나올 수가 없었다. 영감은 종업원을 시켜 거의 먹지 않고 남은 음식을 돌가루 종이에 싸게 했다.

"집에 와서 먹는데, 맛이 희한한 기라. 세상에 그래 맛있는 거는 첨 먹었다.”

후일 영감은 색시에게 다른 젊은 년들은 다 돈만 뜯어내려고 하는데, 참 알뜰한 거 같아서 그게 마음에 들었다고, 고백 비슷하게 말했다고 한다.

색시는 영감의 파상적인 음식 공세에 넘어갔고, 영감은 색시의 알뜰을 빌미 삼아 자신의 유혹을 정당화시켰다. 그 결과 양반 가문의 청상과부는 딱 서른 살이 더 많은 노회한 영감의 수작에 몸을 열었다.

그리고 내가 태어났다.

내가 태어나자 영감은 큰 마누라 몰래, 잔치를 벌였다. 환갑이 지나서 떡두꺼비 같은 아들을 보았다고 월남한 후배들이 부추기는 바람에 크게 한턱 낸 거였다. 당신을 꼭 빼닮았다는 아부꾼들의 입에 발린 소리에 영감은 기분이 아주 좋았다. 영감이 바느질 하는 색시에게서 아들을 보았다는 소문은 영감의 함구령에도 불구하고 이내 큰 마누라의 귀에 들어갔다. 큰 마누라는 당연히 영감을 다그쳤고, 영감은 이실직고하지 않

74

을 수 없었다. 딱 잡아뗀다고 해결될 일이 아니었다. 색시 역시 영감을 다그쳤다. 나의 존재 때문이었다. 두 여인의 압박이 지속되자 영감은 그냥 지나갈 일이 아님을 깨달았다. 어떻게 나를 처리해야 관련 당사자들이 다 만족할 수 있을까? 영감은 고민하다가 결정을 내렸다.

전쟁이 끝나면 승전국들이 포츠담 같은 데 모여 전후 처리 회담을 하듯이, 영감과 영감의 큰 마누라와 색시는 영감의 봉덕동 본집에서 전리품 처리를 위한 삼자회담을 시작했다. 그 집은 2,000평의 너른 대지에 넓은 마당이 있는 적산가옥으로 삼자회담을 하기에는 더없이 적합한 장소였다.

전리품의 생산에 가장 큰 역할을 한 영감은 일단 한 발을 뺐다. 두 사람이 합의를 하면 따르겠다는 의사 표명을 했다. 큰 마누라가 오래도록 생각해왔던, 상식적인 의견을 제시했다. 색시에게 한밑천 마련해 줄 테니까, 아이를 데리고 조용히 사라지라는 게 그녀의 주장이었다. 색시 역시 오래도록 생각해왔던 조건을 제시했다. 돈은 필요 없으니, 아이를 영감 호적에만 올려라, 그러면 아이는 자신이 키우겠다는 주장을 했다.

큰 마누라는 그것만은 할 수 없는 일이라고 버텼다. 그도 그럴 것이 만약 아이가 영감의 호적에 올라간다면, 영감과 자신과의 사이에서 낳은 아이, 즉 나의 이복형이 장차 군대에 가야 하니, 그것은 절대 불가다, 이런 주장을 폈다. 1960년대 초기만 해도 2대 독자 외아들은 합법적으로 군역을 면제받을 수 있었다. 이런 주장이 서로 오갔지만 말로는 결코 합의가 되지 않는 일이었다.

결국 두 여인의 언성이 높아지다가 급기야 서로 머리끄덩이를 잡는 육박전이 벌어졌다. 두 여인은 지구를 뽑는다는 심사로 싸움에 임해 서로의 머리끄덩이를 절대로 놓지 않았다. 싸움이 장기전으로 돌입하자 영감은 이러다간 둘 다 죽거나 크게 다칠지도 모른다는 우려에 봉착했다.

'두 년 다 놓고 말로 하자'고 고함치면서 영감이 필사적으로 싸움을 말렸다. 영감이 '하나 둘 셋 하면 같이 놓아'라고 소리쳤다.

"하나, 두울, 셋."

영감의 소리에 맞춰 두 여인은 서로에게서 떨어졌다. 큰 마누라의 머리카락 한 움큼은 이미 두피를 이탈한 다음이었다. 색시의 손에 남아 있는 자신의 검은 머리카락을 보자 더욱 화가 난 큰 마누라가 가쁜 숨을 몰아쉬며 한마디 했다.

"저 년이 남의 영감을 후리더니, 힘도 씨네."

이때 색시가 결정타를 날렸다.

"니 년도 첩년이면서, 지랄하네."

그 한마디로 승부가 결정되었다. 색시의 '니 년도 첩년'이라는 말에 완전히 전의를 상실한 큰 마누라는 마당에 철퍼덕 주저앉았다. 큰마누라는 자신이 첩년이라는 사실보다, 자신이 첩년이라는 그 사실을 색시에게 알려준 영감이 더 미웠다. 미움은 곧 영감에 대한 믿음의 상실로 이어졌다. 그리고는 영감마저 뺏길지도 모른다는 근거 있는 두려움에 휩싸였다. 그리하여 그들 사이에 전격적으로 합의가 이루어졌다.

그 합의는 세 조항이었다.

첫째, 아이는 영감과 큰마누라의 아들로 호적에 올린다. 둘째, 아이의 실제 양육은 색시가 한다. 셋째, 영감은 항상 큰집에서만 산다.

이렇게 하여 나를 둘러싼 대구 봉덕동 적산가옥에서의 전후협상은 약간의 난항 끝에, 평화적으로 마무리되었다. 갓 태어난 아이를 포대기로 둘러업고 벌인 사생결단의 육탄전에서 색시는 그런대로 괜찮은 성과를 얻어 냈다.

어머니는 이런 이야기를 지나가는 말처럼 아무렇지도 않게 말씀하셨다.

"니가 순해서 그 난리 통에도 울지도 않더라."

병실에 누워있는 다른 할머니들이 그 이야기를 듣고 있었는지는, 모르겠다.

2.

영감은 1899년생, 돼지띠다. 19세기의 마지막 해인 1899년은 대한제국 광무 3년으로 고종이 황제였고, 한반도 최초의 철도 노선인 경인선이 개통한 해다. 아동문학가 방정환이, 미국의 소설가 어니스트 헤밍웨이와 일본의 소설가 가와바타 야스나리가 탄생한 해이기도 하다. 내가 1961년에 태어났으니, 영감은 환갑이 지나서도 성적 능력의 발휘를 멈추지 않았던 것은 확실하다. 비아그라도 없었던 시대이니만큼 영감은 자기 자신의 내적인 추동력으로 나를 탄생시켰다.

나이로 보면 영감은 나의 할아버지뻘이었으므로 내가 좀 자라서도 영감의 대화상대로는 내가 너무 어렸던 모양이다. 영감의 말 중에 기억나는 건 별로 없다. 말을 했지만 내가 어릴 때여서 기억을 못하는 건지, 아니면 영감이 내게 한 말이 없었든지 둘 중 하나일 거다. 하지만 영감의 나를 바라보는 애매한 눈길은 생각난다. 자애로우면서도 안타까운 눈길. 귀여운 녀석, 이런 감정과 함께 현실적으로 자신의 나이를 생각하면 애비도 없이 살아갈 어린 아들의 수많은 날들이, 아니 안타까울 수 없었을 것이다.

영감은 목소리가 크지 않았다. 나에게는 별말이 없었지만, 색시에게는 이런저런 말을 조곤조곤 했다. 그 말 중에는 자기가 살아온 60여 년의 세월이 섞여 있기도 했다. 후일 어머니가 나에게 해준 말로 짐작해 보면 영감의 일생을 대충은 알 수 있다.

영감의 고향은 평안북도 신의주였다. 7남매의 막내로 태어났다. 영감의 아버지와 영감의 형님들은 모두 술고래들이었다. 그래서 영감은 어릴 때 결심을 했다. 술은 절대로 입에도 안 대겠다! 영감은 평생 그 결심을 어기지 않고 살았다. 대신 영감은 평생 다른 것을 추구했다. 흔히 그것을 여색(女色)이라고 한다.

영감은 신의주에서 목재상을 경영했다. 제재소를 겸한 목재상이었다. 영감은 서른을 넘기면서 큰돈을 벌었다.

신의주는 압록강 하구에 위치한 도시다. 압록강에 수풍댐이 들어서기 전까지는 백두산 일대에서 벌채한 목재가 압록강의 물길을 따라 신의주까지 흘러 내려왔다. 신의주는 경의선의 종점이면서 만주로 가는 만선철도의 출발점이어서 제재산업이 발달할 입지 조건을 충분히 갖추고 있었다. 때문에 제재업은 돈벌이가 잘되는 업종이었다.

영감은 갓 스물이 지나자 결혼을 했다. 아내와의 사이에 딸 셋을 두었다. 1940년대 초반, 마흔에 들어선 영감은 이미 성공한 사업가가 되어 있었다. 보통 10대 후반이면 여자는 결혼을 하던 시절이었다. 영감은 딸 셋을 모두 출가시켰다. 마흔이 넘자 영감은 사위들에게 재재소를 맡기고 압록강에서 투망을 던져 천렵을 하거나, 자전거를 타고 다니며 어느 객주에 새로운 색시가 없나 하면서 술청을 드나드는 것이 일과였다. 물론

술은 입에도 대지 않았다.

"니 아부지 퍼뜩퍼뜩 한다."

'퍼뜩퍼뜩'은 경상도 사투리로 '빨리빨리'의 의미다. 가령 '퍼뜩 무라'는 '빨리 먹어라'는 뜻이다. 이 '퍼뜩'에 '퍼뜩'을 중첩시키고, '한다'를 붙이면 의미가 조금 달라진다. '동작 빠르게 한다', '어느 사이 이미 했다'라는 뜻이 된다. 주로 남자에게 붙이는 말로, 좀 더 구체적으로 말하면, 재빠르게 목표한 여자와 성관계를 가졌다, 좀 유식한 말로 하면 여자를 유혹해서 전광석화(電光石火)처럼 만리장성을 쌓았다는 뜻이 된다. 평소 행동은 느긋하지만, 그 일만큼은 번개처럼 빠르게 해치웠던 영감. 어머니는 60대의 영감을 두고 한 말이니, 40대의 영감은 더욱 재빨랐을 것이다. 그 요령은 무엇이었을까?

"니 아부지 기마이 좋다."

기마이는 기마에(氣前)라는 일본어서 온 말이다. 선심을 잘 쓴다, 혹은 호기로 돈을 잘 쓴다는 말이다. 영감은 돈으로 여자를 유혹했다는 뜻이다. 하지만 돈만으로 절대 '퍼뜩' 할 수 없다는 건 세월을 좀 살아본 사람이라면 누구라도 안다. 무언가 다른 요령이 있었을 거다.

"니 아부지가 여자한테 참 잘하지."

친절했다는 이야기다. 열정과 돈과 친절. 그리고 영감에게는 하나가 더 있었다. 바로 시간이다. 국제적으로 말하자면, 패션(passion), 돈(money), 카인드니스(kindness), 시간(time)이다. 이 네 가지는 동서고금을 막론하고 남자가 탁월한 바람둥이가 되기 위한 필수 조건이다. 카사노바가 그랬고, 『금병매』의 주인공 서문경이 그랬고, 그리스의 선박왕 오나시스가 그랬고, 영화배우 안소니 퀸이 그랬다.

1941년 무렵 영감은 새로운 여자에게 눈독을 들이고 있었다. 몸집이 자그마하고, 눈이 예쁜 20대 중반의 여자였다. 여자는 압록강 나루터 부근 주막에서 허드렛일을 하고 있었다. 경북 고령에서 먹고 살 게 없어서 만주로 이주하려고 남편과 함께 고향을 떠난 여자였다. 부부는 신의주까지 왔다가 여비가 떨어졌다. 풀죽도 얻어먹기 힘들어졌다. 남편은 주막에서 몇 푼 돈을 융통해 자리를 잡으면 여자를 데리러 온다는 약속을 남기고 만주로 떠났다. 홀로 남은 여자는 허드렛일을 하고 손님의 술 시중도 들면서 이제나저제나 남편을 기다렸다. 3년이 지나도록 남편에게는 아무런 소식이 없었다. 영감은 오래도록 기회를 노렸다. 3년이 되자 여자의 남편이 돌아오지 못할 거라는 결론을 내렸다. 그 이후 영감은 거의 주막에 출근하다시피 하면서 여자를 유혹했다.

번개가 치던 어느 여름날이었다던가. 드디어 여자의 문이 열렸다. 남녀관계에 있어서 한번 열린 문은 쉽게 닫히지 않는다. 몸을 허락하는 횟수가 늘어나자 여자는 영감에게 어렵사리 말을 꺼냈다. 친정에 한번 가보고 싶다고.

영감은 신의주에서 태어나 평양과 경성 외에 한반도의 남쪽을 가본 적이 없었다. 영감은 구경삼아 경상도도 한번 가보고 싶다는 생각을 했다. 사업가답게 당시 전국 3대 시장 중의 하나라는 대구의 서문시장을 보고 싶었다. 영감은 한 가방 돈을 마련해 여자와 대구로 밀월여행을 떠났다. 기차로 대구에 도착하자 여자가 고령에 다녀오는 동안 영감은 대구에 머물기로 했다.

영감은 며칠을 두고 천천히 시장과 시장 사람들을 구경했다. 그러다가 새로운 장사 아이템을 떠올렸다. 바로 완구 잡화였다. 인형 등의 각종 완구와 문방구류는 잘사는 조선인과 일본인이 주요 소비자였다. 서문시장의 주력 품목인 포목과 같은 옷감류는 이미 기득권을 가진 상인들로 인해 새로 장사하는 사람에게는 경쟁력이 없었다. 영감은 서문시장에는 없는 완구점 가게를 차리면 성공할 거라는 확신이 들었다. 누군가가 영감에게 귀띔했을 수도 있다.

영감은 서문시장에서 새로운 사업을 시작했다. 가져온 돈으로는 자본이 모자라 신의주로 다시 가서 사위와 친구에게 제재소를 넘기고 자금을 마련했다. 수풍댐이 들어서면서 제재소도 예전 같지 않았다. 서문시장에 가게를 마련하고, 경성과 부산과 일본을 몇 번 다녀오면서 물건 구입처도 확보했다.

영감의 전략은 적중했다. 태평양전쟁 시기였지만, 돈이 있는 사람은 있었다. 아이가 있는 사람은 더 많았다. 완구류는 대구와 경북 지역에 판매점이 없던 관계로 불티나게 팔렸다. 상하지 않는 물건이라 재고 부담도 적었다. 1년이 후딱 지나갔다.

영감에게는 사업하는 재미 외에 또 하나의 재미가 있었다. 고향을 다녀온 고령 여자와 살림을 차린 것이다. 영감은 신혼

재미와 사업 재미에 동시에 빠져들었다. 신의주의 본처에게
는 우편이나 인편으로 가끔 소식을 전했다. 돈이 쌓이기 시작
하자 대신동에 집을 한 채 마련했다. 옆 가게였던 싸전도 인
수했다. 그 후에도 돈이 모이면 집을 한 채 한 채 샀다. 8.15 해
방을 맞이할 때까지 대구 시내에 집이 여러 채가 되었다. 해방
후에는 싸전도 잘 되었다. 봉덕동의 넓은 적산가옥을 싼값으
로 인수했다.

건강한 여자와 남자가 같이 살다 보면 피치 않게 생겨나는
게 있다. 바로 아이다. 고령 여자와 영감 사이에도 여자아이가
태어났다. 영감에게는 딸만 내리 넷이 된 셈이다. 영감은 아들
을 바랐지만 그건 뜻대로 되지는 않는 것. 영감은 체념했다.

사업이 어느 정도 자리를 잡자 영감은 장사는 고령 여자에
게 맡겨놓고, 늘 해왔던 대로 평생의 숙원 사업인 엽색 행각을
다시 시작했다.

해방 이듬해 고령 여자의 남편이 만주에서 귀국해 수소문
끝에 여자를 찾아왔다. 만주에서 죽을 고생을 하다가 해방이
되자 신의주를 들렀지만, 아내의 행방은 오리무중이었다. 하

는 수 없이 그는 터덜터덜 고향 고령으로 내려왔다. 가진 것도 없고 아내도 잃어버린 남자는 고향에서 아내가 대구에 산다는 바람 같은 소식을 접했다. 남자는 바람을 찾아 대구로 갔다. 풍문이 맞았다. 입성 좋게 차려입은 아내는 대구 서문시장에서 장사를 하고 있었다.

옛 남자를 본 고령 여자는 조금도 망설임이 없었다. 버려둘 때는 언제고 이제야 거지꼴을 하고 찾아왔느냐고 오히려 남편을 호되게 몰아세웠다. 자신은 이미 시집을 다시 갔고, 아이까지 생겼으니 남편에게 눈앞에서 어서 사라지라고 악다구니를 썼다.

시장은 소식이 빠른 법이다. 다방에서 레지와 노닥거리다가 이 소식을 들은 영감은 옥신각신하는 그들 앞에 나타났다. 영감은 산전수전 다 겪은 50세를 눈앞에 둔 구렁이 같은 장사꾼이었다. 아내를 빼앗긴 가난한 남자를 어르고 달래기는 쉬웠다. 이미 엎질러진 물을 어찌하겠냐, 다 몹쓸 세상 탓이다, 고향에 논 몇 마지기를 마련해 주겠다, 새로 장가를 가도록 여자도 주선해주겠다, 자신도 고향을 떠나온 외로운 몸이니 형님 아우님 하고 서로 왕래하면서 살자.

영감의 설득에 남자는 바로 꼬리를 내렸다. 이렇게 하여 두 남자 사이에 평화협정이 타결되었다. 남자는 새로 생긴 형님 덕에 고향 고령에서 그토록 바라던 농토를 얻고, 새장가를 들어 새 생활을 시작했다.

정치 상황은 급변했다. 38선이 생길 때까지만 해도 영감은 신의주를 완전히 떠났다는 생각을 하지 않았다. 적당한 시기가 되면 부모님의 묘소가 있고, 본처가 사는 신의주로 돌아가려고 생각했다. 하지만 남북한에서 각각 정부가 수립되었다. 서서히 38선은 국경선으로 굳어져 갔다. 북으로 인편으로나마 소식을 전하는 것도 여의치 않았다. 영감은 낙천적이라 그러다가 다시 합쳐질 것이라고 생각했다. 신의주에 본처가 먹고 살 정도의 돈은 남겨 두었고, 사위가 셋이나 있으니 본처는 무탈하게 잘 살고 있을 거라고 낙관했다.

1950년 정초에 영감에게 경사가 났다. 고령 여자가 잘 생긴 아들을 낳았던 것이다. 나이 50이 넘어 생겨난 딸 넷 다음의 첫아들. 영감은 고민하다가 결단을 내렸다. 언제 북쪽으로의 내왕이 다시 이루어질 지도 몰랐고, 아들이 있는 곳이 고향이기도 하다는 생각에 마침내 호적을 새로 만들기로 했다. 대구 법원으로부터 새로운 본적지를 부여받았다. 대구 대신동 *** 번지. 고령 여자와는 혼인신고도 했다. 이 모두가 새로 태어난 아들의 출생신고를 위해서였다. 이미 낳은 딸은 뒤늦게 출생 신고가 되었다. 그것으로 영감은 대한민국의 국민, 대구의 시 민이 되었다. 법적으로는 아내와 딸과 아들이 있는 평균적인 가장이 된 것이다.

3.

내가 몇 살 때였는지는 정확히 기억나지 않지만 초등학교 입학 전의 일이었다. 어머니가 평택에 간다고 했다. 평택? 어린 아이에게도 딱딱하고 이질적인 어감을 가진 평택이라는 지명은 이상하게 느껴졌다. 기차를 타고 간다고 했다. 기차라니. 달성동 철둑 가까운 곳에 살아서 늘 보아왔던, 흰 연기를 내뿜으며 달리던 그 기차를 타고 어디로 간다니. 한 번도 기차를 타보지 못했던 나는 무척 설렜다. 그 말을 듣고 난 뒤, '엄마, 평택 언제 가?' 하면 어머니는 '깝치지 마라'고 했다.

얼마 후 영감은 어머니와 나를 데리고 기차를 타고 평택으로 갔다. 겨울이었다. 얼핏 보면 영감과 딸과 손자로 보이는 영감 일가족은 평택역에서 내렸다. 영감은 택시를 대절해 넓은 들판을 가로질렀다. 그렇게 넓은 들판은 처음 보았다. 들판이 끝나는 지점에 마을이 나타났고 집들이 옹기종기 모여 있었다. 택시를 내려 누군가의 집에 들어갔다. 얼마 뒤에 집에서 나와 한참을 걸어간 뒤 조그만 언덕 아래에 자리 잡은 산소에 가서 절을 했다. 누구의 집인지, 누구의 산소인지, 왜 내가 절을 했는지 이유는 몰랐다. 어릴 적의 기억은 토막토막으로 끊어진다.

　"내 어릴 때 평택으로 간 적이 있지요? 왜 갔어요?"

　"그걸 다 기억하네. 니 쪼매할 때 평택에 갔지러. 니 아부지 처남 집에 간 거지."

　영감의 처남? 어느 처의 동생? 어머니의 이야기가 이어졌다.

　"전쟁이 나고 1.4후퇴 때 니 아부지 본처가 서문시장에 나타난 기라."

　어머니의 이야기를 정리하면 이렇게 된다.

6·25 전쟁 당시 대구는 인민군이 점령하지 못한 지역이라 비교적 안전했다. 1951년 1·4후퇴 때 서울 등지에서 피난민이 대거 몰려 내려와 전시의 불안한 어수선함이 대구에도 가득했다. 이때 거지 행색을 한 여인이 대구 서문시장에 나타났다. 남동생을 대동하고서였다. 그 여인은 서문시장에서 신의주 하 영감을 수소문하고 다녔다. 바로 하 영감의 본처였다. 1948년 이후 분단이 고착화되자 오매불망 영감 생각에 속을 끓이고 있던 그녀는 기회를 엿보다가 후퇴하는 국군의 뒤를 따라 죽을 고생을 하며 대구까지 내려 온 것이었다.

시장은 소식이 빠른 법이다. 신의주에서 온 여인이 하 영감을 찾는다는 소식은 고령 여자의 귀에 먼저 들어갔다. 고령 여자는 본능적으로 움직였다. 잘 아는 이웃 장사치를 동원해 신의주 여자에게 역정보를 제공했다. 하 영감은 인천상륙작전 직후 국군이 북진하자 처자식을 찾아서 북으로 올라갔다는 것이 그 역정보의 내용이었다.

그 이야기를 들은 신의주 여인은 서문시장 바닥에 퍼질러 앉아 땅을 치며 대성통곡을 했다. 슬픔이 지나쳐 그 여인은 혼절을 했다. 남동생이 달려들어 누나를 흔들어 깨웠다. 눈물 없이 볼 수 없는 이 장면에서 시장 상인들이 그 여인에게 다가갔다. 따뜻한 설탕물을 따라주며 위로했다. 그리고 고향으로 돌아가 있으면 영감을 다시 만날 거라고 해주었다. 돈도 몇 푼 각출해서 주었다.

"고향에서 기다리는 게 최고요."

설탕물을 마시고 조금 힘을 찾은 여인은 상인들의 충고에 따라 남동생과 함께 다시 북행길로 접어들었다. 하지만 얼마 가지 못해 여인은 앞을 보지 못하게 되었다. 눈이 멀어 버린 것이다. 남편을 찾지 못한 데서 오는 절망, 아득한 북행길, 영양실조. 이런 것이 종합하여 여인의 눈을 멀게 했을 것이다.

남편을 찾아 그 먼 길을 왔던 눈 먼 여인은 고향 땅으로 돌아가지 못했다. 남동생에게 영감을 꼭 찾으라는 유언을 남기고, 평택 부근에서 여인은 눈을 감았다. 영감에 대한 그리움 혹은 원망으로 점철된 여인의 인생은 그렇게 끝이 났다. 남동생은 누나를 가매장하고, 그대로 평택 땅에 머물렀다. 휴전선 부근 전선(戰線)의 고착으로 신의주로 돌아갈 수도 없었다.

시장은 소문이 빠른 법이다. 이번에는 하 영감의 본처가 하 영감을 찾아왔다가 역정보를 듣고 그대로 북행했다는 소문이 하 영감의 귀에 들어갔다. 평소 큰소리 한 번 내지 않던 하 영감이지만, 이때만은 노발대발했다. 눈을 부라리며 고령 여자를 잡아먹을 듯이 다그쳤다. 고령 여자는 자신이 죽일 년이라며 납작 엎드려 손이야 발이야 빌었다. 하 영감의 분노는 극에 달했다. 하지만 이미 엎질러진 물이었다. 하 영감이 본처를 위해 할 수 있는 일은 아무것도 없었다.

하 영감 앞에 처남이 다시 나타난 것은 전쟁이 끝나고 3, 4년이 지난 다음이었다. 휴전선이 고착되자 남한의 어디나 어차피 타향이었던 남동생은 누나를 묻은 곳 부근에 자리를 잡았다. 날품도 팔고 농사일도 하면서 겨우 생계를 유지하던 남동생은 혹시 몰라 다시 대구로 향했다. 그리고 이번에는 서문시장에서 아주 쉽게 매부를 만났다.

영감은 본처가 자신을 찾아왔다가 다시 북행했고, 가다가 눈이 멀어서 죽고, 평택 땅에 묻혔다는 이야기를 처남에게 들었다. 기가 막혔다. 하지만 어쩌랴. 전쟁 통에 수많은 사람들이 죽었다. 그냥 신의주에 살고 있지 미련하게 왜 찾아왔느냐는 원망도 했지만 그 원망은 곧 체념으로 그 체념은 곧 대책으로 나아갔다.

영감은 현실주의자였다. 과단성 있게 여러 가지 사항을 정리했다. 처남에게는 돈을 마련해 줄 테니 논과 집을 사서 평택에서 농사를 짓고 살아라, 그리고 가까운 곳에 누나의 산소 자리를 알아보고 묘를 쓸 땅도 사라, 그렇게 준비가 끝나면 자신에게 보고해라, 이렇게 이야기했다.

처남은 영감을 원망하기보단 현실을 받아들이는 쪽을 택했다. 영감의 계획대로 이런 일들은 몇 년에 걸쳐 차근차근 진행되었다. 영감은 여기에 더하여 평택에 대단히 넓은 평야가 있음을, 평택 쌀이 미질이 좋다는 것도 알아냈다. 추수가 끝나면 평택으로 가서 처남을 만나는 동시에, 몇 도라꾸(트럭)의 쌀을 실어다가 대구 서문시장의 싸전에 풀었다.

이런 일들은 고령 여자 모르게 진행되었다. 평택 쌀은 대구에서 인기가 좋았기에 장사가 잘되었다. 영감은 그렇게 일 년에 두어 번 평택을 다녀갔다.

영감이 어머니와 나를 데리고 평택으로 간 날은 가매장했던 본처의 시신을 봉분과 석물을 갖춘 묘로 이장하는 날이었다. 지관까지 동원하여 오래도록 명당을 알아보게 한 영감은 죽은 지 15년도 더 지나 본처가 영원히 살 집을 마련해 준 것이었다. 여기에 본처의 죽음에 책임이 있는 고령 여자가 끼어들게 할 수는 없었다. 대신 혼자 가기에는 쓸쓸했던지 본처의 죽음과는 아무 상관이 없는 어머니와 나를 데리고 갔다. 따지고 보면 나도 영감 본처의 아들에 해당하므로, 내가 가서 절을 해야 하는 건 도리로 보아 마땅한 일이기도 했다.

4.

고령 여자와 어머니의 육탄전 이후 재산을 사용할 수 있는 영감의 재량권은 현저히 줄어들었다. 돈이 새어 나갈 수 있는 확실한 원인 제공처가 생기자 고령 여자는 돈 관리를 철저하게 하기 시작했다. 1962년 화폐개혁 이후 현금 자산도 많이 줄어들었을 뿐 아니라 장사도 예전 같지 않았다. 완구점이나 싸전 모두 경쟁자가 많이 생겨난 탓이다. 그렇다고 영감이 쓸 수 있는 용돈이 줄었다는 건 아니다. 영감은 여전히 아침에 돈을 지갑 가득 넣고 나가, 그 돈을 다 쓰고 집에 들어갔다. 다만 어떤 여자에게 집 한 채를 사줄 정도의 큰돈을 마음대로 사용하기에 조금 불편했을 뿐이다.

나를 아버지의 호적에 올리는 대신 한 푼의 돈도 요구하지 않겠다는 어머니의 약속은 지켜지지 않았다. 생활비를 요구한 것은 아니지만, 자식과 살만한 번듯한 집 한 채 정도는 사달라는 것이, 나를 일단 호적에 올려놓고 난 뒤의 어머니의 요구였다.

영감은 고령 여자의 감시를 뚫고 어떻게 돈을 마련해 어머니의 요구를 들어주었다. 대구 달성동에 대지 50평에 방 다섯 개가 있는 당시로서는 괜찮은 기와집이었다. 어머니는 방 네 개는 사글세를 놓고 방 한 개만 사용했다. 내가 아직 어렸으니 당연한 일이었다.

영감은 한 달에 두세 번 낮에만 달성동 집에 들렀다. 대개 점심 먹을 무렵이었다. 어머니는 영감이 오는 날에는 소고기나 달걀을 사놓거나 하는 등의 무언가 준비를 했으므로 그들 사이에 날짜 약속이 있었던 것이 분명하다. 영감은 매너가 있었기에 아무리 첩의 집이라도 예고 없이 불쑥 찾아오지 않았다. 영감이 오기로 되어 있는 날에는 어머니는 자주 대문 쪽을 바라보았다.

영감은 때가 되면 조용히 대문을 밀고 들어와, 섬돌에 구두를 벗고 방으로 들어왔다. 나는 말없이 꾸벅 인사를 했다. 그러면 영감은 두툼한 손으로 내 머리를 쓰다듬고 지갑에서 지폐를 꺼내 나에게 주었다. 얼마인지는 기억나지 않지만 그건 어린아이가 쓰기 힘든 큰돈이었다. 나는 그 돈을 호주머니에 넣고 방에서 나와 섬돌에 놓인 영감의 빤질빤질 잘 닦인 구두를 대문 쪽으로 가지런히 향하게 하고는 밖에 나가서 놀았다. 동네 조무래기와 놀건, 혼자서 철둑까지 가서 레일에 귀를 대고 기차가 언제 오는지 알아맞히는 혼자만의 놀이를 하건, 한 시간 정도는 밖에서 노는 것이 어머니와 나와의 무언의 약속이었다.

어느 정도 놀다가 집으로 들어가면 어머니는 이미 부엌으로 가서 점심 준비를 하고 있었다. 영감은 국수를 좋아해서 어머니는 대개는 소면 국수를 삶아 냈다. 소고기로 육수를 내고, 소고기를 잘게 다져 고명을 듬뿍 얹는 국수였다. 여기에 달걀찜이 더해졌다. 달걀 서너 개에 다진 소고기를 잔뜩 넣어 찐

것으로 달걀찜을 먹다 보면 바닥에는 잘게 다진 짭짤하고 고소한 소고기가 가득했다.

식사를 마치면 영감은 구두를 신고, 내 머리를 한 번 쓰다듬어 주고, 대문을 열고 골목길로 사라졌다. 나는 가끔 영감이 골목길 끝에서 사라질 때까지 영감의 뒷모습을 바라보고 있기도 했다. 그럴 때면 어머니가 어김없이 나를 불렀다.

"야가 뭐하고 있노. 빨리 안 들오나."

어머니가 나를 부른 건 두 가지 이유에서였다. 첫째는 아버지의 사라진 흔적을 바라보는 아들이 처량해서였고, 둘째는 환전을 위해서였다. 영감이 내게 준 지폐를 아이가 사용할 수 있는 단위의 동전 몇 개로 바꿔주는 건, 어머니가 영감이 다녀간 뒤에 반드시 거쳐야 하는 의식이기도 했다.

아주 가끔 영감은 저녁에 어머니와 나를 불러내어 뒤에 회관 이름이 붙은 고깃집에 데리고 갔다. 숯불갈비를 주로 먹었다. 영감은 덜 익어 핏물이 뚝뚝 듣는 갈비를 배불리 먹은 다음에 마무리로 꼭 냉면을 시켰다.

"대구 냉면은 시원찮아."

영감의 그 말을 이해하기까지는, 내가 서울에 살면서 유명

하다는 냉면집을 죄다 섭렵하고 난 다음의 일이니, 수십 년의
시간이 걸렸다.

영감은 아주 가끔 해인사나, 직지사나, 법주사와 같은 명승
지에 2박 3일 정도의 일정으로 나와 어머니를 데리고 유람을
갔다. 자가용이 보편화되기 훨씬 이전인 1960년대의 여행이
니 대개는 버스나 기차를 여러 번 갈아타고 먼 길을 갔다. 영
감은 항상 해인사 앞에는 '합천'을, 직지사 앞에는 '김천'을, 법
주사 앞에는 '보은'을 붙여 말했다. 그랬기에 나는 오래도록
'합천 해인사'가 한 단어인 줄 알았다. 왜 그랬을까? 그건 아마
도 해인사를 가는 직통버스가 없었기 때문에 그랬을 거 같다.
해인사를 가려면 일단 합천으로 가야 했고, 거기서 한참을 기
다려 해인사행 버스를 갈아타야 해인사로 갈 수 있었기에 '합
천 해인사'로 외우면 목적지에 어긋나기 힘들었을 것이다. 또
는 19세기 사람의 언어 습관일 수도 있다. 훗날 민요 공부를
해보니 우리 민요에도 명승지 앞에는 꼭 시군 단위의 지역 명
칭이 붙어 다녔다. 이를테면 "관동팔경 구경을 가자, 강릉의
경포대 양양의 낙산사 울진의 망양정 삼척의 죽서루 고성의

삼일포…"로 노랫말이 전개되었던 것이다.

영감과 함께 간 합천 해인사가 생각난다. 계곡 바로 앞 여관에서 묵었다. 아침에 일어나니, 계곡의 세찬 물소리가 여관방에까지 들렸고, 그 물소리를 따라가니 기암괴석 사이로 청청한 계곡물이 세차게 흘러내려 가고 있었다. 대구 달성동에서 썩어가는 '수채'만 보고 자란 나에게 해인사 계곡은 감동을 주기에 충분했다.

그러던 영감이 내가 초등학교에 입학하자 강원도로 떠나버렸다. 노래 속에 나오는 관동팔경의 하나인 양양의 낙산사로. 이번에는 나와 어머니를 데리고 가지 않고 혼자서 가버렸다.

5.

1960년대에 대구에서 양양 낙산사로 가는 방법은 두 가지다. 하나는 기차를 이용하여 대구에서 경북 영주까지 간 다음, 기차를 갈아타고 강릉까지 가서, 강릉에서 속초행 버스를 타고 가다 양양 낙산사 앞에서 내리는 방법이다. 또 하나는 버스를 이용하여 대구에서 포항까지 간 다음 포항에서 7번 국도를 타고 강릉까지 가는 방법이다. 어느 방법이나 거의 꼬박 하루가 걸렸다.

영감이 낙산사로 훌쩍 떠난 후 몇 개월이 지나고 나의 초등학교 1학년 여름 방학이 시작되자, 어머니는 나를 데리고 양양으로 출발했다. 기차를 타고 일단 영주까지 갔다. 영주역에 도착하니 밤이었다. 나는 대합실에 쪼그리고 잤다. 한밤중이 되자 어머니는 나를 깨워 강릉행 기차를 탔다. 훗날 어머니는 손자에게 이런 말을 했다.

"니 애비가 얼마나 영민하든지, 한밤중에 일어나거라, 한마디에 벌떡 일어나 정신 차리고 기차를 탔지."

그게 뭐 대단한 일이라고 어머니는 수십 년이 지난 다음에도 그걸 기억하고 있었다. 하지만 그 여행은 당시 모자에게는 대단한 일이었다. 처음 가는 먼 여행이기도 했거니와 영감과 함께 보낼 수 있는 온전한 '가족'의 한 달이었기 때문이다. 그 한 달은 어머니에게는 영감과 온통 지낼 수 있는 한 달이었고, 나에게는 아버지와 함께 하는 한 달이었다.

오전 무렵 모자는 드디어 낙산사 앞 낙산여관에 도착했다.

여관 마당을 들어서자 방에서 문을 열어 놓고 밖을 내다보고 있던 아버지는 바로 마당으로 내려왔다. 내가 고개를 숙여 꾸벅 인사를 했다. 영감은 한마디를 던졌다.

"고생했소."

영감은 대구를 떠난 뒤 낙산여관에 혼자서 몇 개월을 장기 투숙하고 있었다.

점심때가 되자 여관 주인과 주방 아주머니로 보이는 아낙네가 부엌으로부터 큰 상을 둘이서 들고 방으로 가져다주었다. 나는 그 밥상을 보고 눈이 휘둥그레졌다. 기껏 된장찌개와 김치에 반찬 두어 가지가 올라온 상만 보았던 내게 그 상은 가히 충격적이었다. 그 상은 초등학교 1학년 꼬마가 생애 처음으로 본, 요즘 말로 하면 한정식 상이었다. 영감의 식구가 왔으므로 주방에서 좀 더 신경을 썼겠지만, 여러 못 보던 반찬이 상 가득 차려져 있었다. 대구에서는 보지도 못했던 자그마한 돼지감자가 졸임으로 올라와 한입 가득 넣고 먹어보기도 했다. 한 달을 낙산여관에 있는 동안 그런 상차림은 변함없이 계속 되었다. 어머니는 나중에 이렇게 말했다.

"자시는 건 걱정 안 해도 되겠습니다."

낙산여관은 낙산사 아래 바닷가 높다란 언덕에 자리 잡고 있었다. 마당이 넓고, 무엇보다 동해바다가 한 눈에 보였다. 모자가 도착한 다음 날부터 일과는 비슷했다.

영감은 일찍 일어나 기로정으로 가서 바다를 바라보았다. 그곳에서 바라보는 망망대해는 말 그대로 일망무제였다. 한 시간 정도 바다를 조망하다가 조반을 드시면 낙산사를 천천히 산책했다. 동네 사람들과 이런저런 이야기를 나누기도 했다. 점심을 드신 다음에는 잠시 낮잠을 즐기고, 어머니와 '육백'이라는 돈내기 화투를 쳤다. 물론 어머니가 거의 땄다. 오후에는 낙산해수욕장에서 내려가 헤엄을 쳤다. 영감은 나에게도 압록강에서 배웠다는 '모자비헤엄'이라는 좀 독특한 영법을 가르쳐 주었다. 머리를 물 위에 내놓고 몸을 비스듬히 해서 양팔을 따로 젓는 아주 쉬운 영법이어서 나는 금방 배웠다.

나는 거의 온종일 밥 먹는 시간만 빼면 낙산해수욕장에서 모자비헤엄을 치면서 놀거나 기로정 아래 바위가 많은 돌무더기 바다에서 놀았다. 며칠이 지나자 그 동네 아이들과 어울렸다. 책에서 본 토인에 가깝게 새까맣게 그을린 그 동네 아이들은 헤엄을 잘 쳤고 작살로 고기도 곧잘 잡았다. 나도 시도를 해보았지만, 그건 일곱 살짜리 꼬마가 단기간에 습득할 수 있는 일은 아니었다. 물안경을 끼고 바닷속에 잠시 잠수를 해보면 바닷속에는 또 다른 세계가 있음을 그때 알았다.

낙산여관 넓은 마당에서 바다 쪽으로 조금 내려가면 소나무 숲에 둘러싸인 조그만 정자가 하나 있다. 이 정자에서 영감은 많은 시간을 보냈다. 무엇을 하는 것도 아니고 그냥 바다를 바라보며 앉아 있었다. 이 정자는 영감이 상당한 돈을 희사해 지은, 일종의 영감 전용 관망대였다. 지금도 낙산비치호텔 앞에 가면 이 정자는 그대로 남아 있다. 정자 안쪽에 이 정자를 지을 때 돈을 낸 사람 10여 명의 이름을 새긴 판각이 걸려 있다.

'대구 하창서.'

이 판각에 영감의 이름이 맨 위에 있다. 영감 아래 있는 몇몇 대구 사람들도 어렴풋이 기억나는 이름들이다. 월남한 영감의 의형제들이다. 영감 바로 아래 있는 이름의 주인공은 내가 삼촌이라고 불렀던 분이다.

그 정자 이름이 기로정(耆老亭)이다. 늙은이 '기(耆)' 자와 늙은이 '로(老)' 자. 늙은이의 정자라는 뜻이다. 당시 영감이 일흔에 가까왔으니, 이름만 보아도 기로정은 영감을 위해 지은 것이나 다름없었다.

영감은 기로정에 자주 갔다. 가서, 정물처럼 움직이지 않고 바다를 바라보고 있었다.

영감이 왜 아무런 연고도 없는 낙산에서 3년에 가까운 세월을 보냈을까. 기로정을 지어놓고 그토록 오래 바다를 바라보고 있었을까.

여러 추측이 가능하다. 당신의 마지막 혈육인 막내아들과 여름 한 철이라도 온전히 같이 보내고 싶어서? 하지만 그건 아닐 것이다. 영감이 그럴 생각이 있었다면 다른 방법을 찾았을 것이다. 혹은 북에 두고 왔던 젊은 날의 아내와 딸자식과 고향 사람과 부모형제와 고향 땅이 그리워서 그랬을 수도 있다. 나이 칠십이 되니 죽을 날도 멀지 않았으니, 고향 생각이나 실컷 하자. 이건 좀 타당성이 있다.

어쩌면 복합적인지도 모른다. 지난날 살아왔던 삶에 대한 회오(悔悟), 운명(運命)의 필연성에 대한 되짚음, 버려둔 아내의 비극적 죽음에 대한 자책, 젊은 날과 고향을 이루는 여러 요소들에 대한 중첩적인 그리움… 나나 어머니와 같이 보내

고 싶었을 수도 있었겠지만 그건 부수적이었을 것임에 틀림
없다.

어쨌거나 나에게는 낙산에서 영감과 함께 보낸 초등학교 1
학년과 2학년의 여름 두 철이 내 유년기에서 가장 행복한 시간
이었다. 자연과 함께 하는 삶이 인간에게 얼마나 큰 즐거움인
가, 하는 것을 그때 배웠다. 그게 바로 영감이 나에게 준 선물
이다. 엉터리 수영법과 함께.

낙산에서 2학년 여름 방학을 보내고 돌아온 그해 가을 어머
니는 여자 한복을 여러 벌 지어 혼자서 양양으로 떠났다. 어머
니가 출발하기 전 나는 왜 양양으로 가느냐고 물어보았다. 어
머니의 대답은 간단했다.

"니 아부지가 또 여자를 정했단다."

양양을 다녀와서 어머니는 묻지도 않았는데 한마디를 했다.

"그만하마, 괜찮더구나. 음식 솜씨도 있고, 살림도 그런대
로 하고. 나보다 다섯 위더라."

초등학교 2학년이었지만, 나는 대충 상황을 이해했다. 우리
나이 일흔에 영감은 또 40대 중반의 현지처를 구한 것이다.

하지만 그 여자와의 생활은 1년 반 정도로 마감되었던 것으로 보인다. 내가 4학년이 되자 영감은 양양 생활을 접고 대구로 복귀했다.

6.

5학년 1학기가 끝나는 날이었다. 종업식을 하고 담임선생님으로부터 통지표를 받으면 여름 방학이다. 담임선생님은 일일이 호명을 하고 통지표를 나눠주었다. 통지표에는 도덕, 국어, 사회, 산수, 자연, 체육, 음악, 미술, 실과 과목에 대한 학업성취도를 수·우·미·양·가로 표시하게 되어 있다. 아이들 사이에서는 '수'가 몇 개냐 하는 것이 주요 관심사였다. 9개 과목 중 나는 국어, 사회, 산수, 자연 과목에서는 대개 수를 받았으나, 다른 과목은 대개 '우' 아니면 '미'였다. 심지어 체육의 경우에는 '양'을 받은 적도 있었다.

자리에 돌아와 통지표를 펼치니, 체육을 제외하고는 모두 수였다. 체육은 '미'였다. 아이들이 나에게 '수'가 몇 개냐고 물었지만 대답하지 않았다. 이 기쁜 소식은 어머니에게 가장 먼저 알려야 한다는 생각이 갑자기 들었기 때문이다.

나는 뛰기도 하고 빠른 걸음으로 걷기도 하면서 집으로 달려갔다. 승전보를 알리는 마라톤 평야의 전사처럼, 낭보를 빨리 어머니에게 전해주어야 했다. 숨을 헐떡거리면서 대문을 열고 안방까지 한달음에 달려가서 '엄마'라고 부르는 동시에 방문을 열어젖혔다.

아! 바로 그때 안방에서는 내가 태어나서 처음 보는 희한한 장면이 눈앞에 펼쳐지고 있었다. 내가 문을 활짝 여는 순간 모든 것이 정지되었다. 나는 순간적으로 굳어버린 석고상이 되었다.

어머니는 벌거벗은 채 엎드리고 있었다. 역시 벌거벗은 영감은 어머니의 엉덩이에 그것을 삽입한 채, 갑작스런 침입자를 향해 본능적으로 눈길을 돌렸다. 아주 짧은 순간 영감의 눈과 내 눈이 마주쳤다. 어머니의 눈길과도 마주쳤다. 영감과 어머니는 너무나 갑작스런 일이라 자세를 바꾸지도 못하고 고개만 돌려 내 시선을 받았다. 어머니의 얼굴이 벌갰던가. 영감의 이마에 땀이 흐르고 있었던 것도 같다.

서로 눈길이 마주치고 내가 방문을 닫을 때까지 걸린 시간은 1, 2초도 되지 않았을 것이다. 나는 헐떡거리는 숨을 참고 다시 집밖으로 달려 나갔다. 철둑으로 갔다. 마침 긴 화물열차가 지나가고 있었다. 하늘에는 얼마 전에 학교에서 이름을 배운 뭉게구름이 떠 있었다.

한두 시간이 지나 집으로 들어갔다. 나를 본 어머니가 소리를 질렀다.

"뭐 하다가 인제 오노?"

영감은 이미 집에 없었다. 어머니가 밥을 차려주면서 한마디 더 했다.

"하필 그때 와 가지고…"

어머니는 방학이 시작되고, 내가 학교에서 돌아오면 으레 보자고 하던 통지표 이야기는 한마디도 하지 않았다. 나는 잠자코 밥을 먹고 통지표를 꺼내 가지고 다시 철둑으로 갔다. 기차가 몇 대 지나갔다. '수'가 여덟 개나 있는 통지표를 한참 바라보다가 좍좍 찢었다. 찢어진 종잇조각은 허공으로 혹은 땅바닥으로 흩어졌다.

그 일이 있고 난 뒤부터 나는 동화책과 같은 어린이용 책은 더 이상 보지 않았다. 도서관에 가서 '성교'나 '요분질' 같은 단어가 나오는 큰 국어사전을 찾아보기도 하고, 어른들이 보는 소설을 뒤적거리기도 했다. 좀 어렵기는 했지만 김동인의 단편 소설이 재미있었다. 「감자」나 「김연실전」은 여러 번 읽으면서 그 의미를 조금씩 알아나갔다. 대학생 형이 있는 친구네에서 소설을 빌려 읽기도 했다. 어머니는 내가 책만 읽으면, 그게 소설책이라도 공부하는 줄 알았기 때문에 아무런 간섭도 하지 않아서 좋았다.

7.

내가 중학교에 입학하고 얼마 지나지 않아서다. 영감이 친구들과 어울려 천렵을 갔다가 쓰러졌다는 소식이 그 무렵 막 가설된 전화를 통해 어머니에게 전해졌다. 어머니는 이제 아버지는 집에 오시기 힘들 테니, 나에게 큰집으로 가보라고 했다.

어느 토요일 봉덕동 큰집으로 찾아갔다. 어머니가 알려준 대로 찾아가니 집은 길가에 있어 찾기 쉬웠다. 호적상 나의 어머니인 큰어머니가 나를 보더니 한마디 하셨다.

"많이 컸구나."

큰어머니는 먼저 영감에게 나를 데리고 갔다. 마당을 한참 가로질러 집 입구 맨 처음 방이 바로 영감이 거처하는 사랑방이었다. 다다미가 깔린 방이었다. '작은아들 왔다'고 하며 큰어머니는 안쪽으로 사라졌다. 나는 설날 세배할 때처럼, 영감께 큰절을 올렸다.

"엄마는 잘 있지?"

나는 좀 컸기 때문에 예를 차릴 줄 알아야 했다. 예를 차릴 때는 표준말을 사용해야 한다.

"편찮으시다니, 이제 괜찮으십니까?"

"괜찮다. 왼쪽 다리가 좀 불편해서 다니기는 힘들어."

그리고는 말씀이 없으셨다. 영감은 나를 애매하게 바라보다가 이내 눈길을 거두었다. 나는 영감 방을 물러나와 안쪽 큰어머니가 거처하는 방으로 갔다. 큰어머니는 맛있는 과자와 과일을 내놓고 먹으라고 했다. 과자는 맛있었지만 하나만 집어먹었다. 큰어머니는 한마디 하셨다.

"다 내 죄다. 내 큰 탓이다."

방 한쪽에는 성모마리아 상이 있어 무척 낯설었다. 큰어머니의 마른 손목에는 묵주가 걸려 있었다. 영감이 쓰러진 게 당신의 죄 탓인지, 혹은 나이 많은 영감의 아들로 태어난 나의 존재 자체가 당신의 죄 때문이라는 건지는 알 수 없었다. 가톨릭 신자가 상투적으로 하는 말인지도 모른다. 하지만 누구의 죄이건, 무엇이 죄이건 나와는 상관없는 일이라는 생각을 했다. 나는 이미 나만의 세계가 있었기 때문이다. 영감과 큰어머니와 어머니의 상관관계 속에서 나를 위치할 이유가 없었다. 영감의 거동이 불편해지건, 큰어머니가 독실한 가톨릭 신자가 되었건, 어머니에게 새 남자가 생기건… 그런 것은 내 관심사가 아니었다.

"집이 무척 넓네예."

내 말에 큰어머니는 나가서 구경하라고 했다. 넓은 마당에 향나무 같은 정원수가 잘 꾸며져 있었고 한쪽에는 연못이 있었다. 사각형의 연못에는 금붕어 몇 마리가 놀고 있었다. 그게 나를 놀라게 했다. 집에 연못이 있고 금붕어가 노닐다니! 뒤를 돌아가니 딸기 같은 농작물을 재배하는 넓은 텃밭도 있었다.

이런 집에 사셨구나, 아버지는.

그렇다고 그것은 원망은 아니었다. 영감이 크고 넓은 집에 살고 있었다는 그 사실이 신기했다. 그즈음 읽은 마크 트웨인의 소설 『왕자와 거지』에서 거지 아들이 왕궁 내부를 구경하면서 신기해하는 것과 동일한 심정이었다.

내가 봉덕동 큰집을 다녀오고 난 뒤에 어머니는 별말이 없었다. 영감의 상태를 물어보지도 않았다. 영감의 거동이 불편하다는 건 이미 어머니와의 관계가 끝났음을 의미했다. 영감이 자발적으로 당신의 다리 힘으로 어머니에게 오지 못한다는 건, 거의 영원한 이별을 의미했다. 큰어머니가 살아있는 한 영감의 집으로 갈 수도 없었기 때문이기도 했고, 영감과 어머니는 법적으로는 남남이기 때문이기도 했다.

하지만 나는 달랐다. 영감은 아버지이기에 나에게는 어떤 의무감 같은 것이 있었다. 그렇다고 영감에게 자주 찾아갔던 것은 아니다. 지금이나 그때나 중학생은 몹시 바쁘다. 공부도 해야 했고, 소설도 읽어야 했고, 친구들과 놀기도 해야 했고, 버스에서 만난 이웃 학교 여학생에게 연애편지도 써야 했기에, 나는 한가하게 영감을 찾아갈 수 없었다.

중학교 시절 일 년에 대여섯 번 영감을 찾아뵈었다. 큰어머니는 늘 나를 친절하게 대해 주었다. 거동이 불편해진 영감은 대개는 작은 앉은뱅이 책상에 소설을 올려놓고 읽고 있었다. 주로 『삼국지』, 『수호지』, 『금병매』 같은 책들이었다.

"소설이 참 재미있구나. 시간이 잘 가."

그 말씀에는 그때나 지금이나 동의한다. 이미 영감이 읽은 소설은 거의 다 읽었고, 그 외에 김동인이나 마크 트웨인이나 헤밍웨이나 그런 작가들의 소설도 재미있다는 말씀은 못 드렸다. 시간이 남는 영감과 시간이 모자라는 건방진 중학생이 소설에 대해, 소설의 재미와 주제에 대해 토론을 할 수는 없었다.

하지만 참 슬프다. 그때 영감과 소설 이야기를 했어야 했다. 부자지간에 이 세상 현실과 상관없는 소설에 대해 이야기를 했어야 했다. 서문경과 반금련을 이야기하고 제갈공명과 조자룡을 이야기 했어야 했다. 아무리 시간이 모자라는 중학생이라 해도, 일흔 중반이 넘어서야 겨우 시간이 남아, 아들에게 소설이 재미있다고 말씀하시는 영감과 이야기를 더 했어야 했다. 그 말씀이 생전에 내가 들었던 영감의 마지막 목소리였기에 더욱 그렇다.

내가 고등학교 일학년 때 영감은 완전히 쓰러졌다. 뇌졸중, 흔히 중풍이라고 하는 병이었다. 대소변을 받아내야 하는 지경이었고 말씀도 거의 못하셨다. 그 영감을 당시 갓 결혼한 형과 형수가 수발했다. 큰어머니도 연로하셔서 큰 힘이 되지 못했다. 형수가 그 상황을 견디지 못해 하자 형은 형수와 이혼을 하고 거의 혼자 영감 병수발을 들었다.

그 점에 있어서는 형에게 많이 미안하다. 고등학생이라는 핑계로 같은 집에 살지 않는다는 이유로 나는 영감의 대소변 냄새 한 번 맡지 않았다. 한때는 장대하여 나를 탄생시키는 데 큰 힘을 썼을, 보았다면 연민에 빠졌을 것이 분명한, 영감의 쪼그라든 아랫도리 한 번, 보지 못했다.

대학교 1학년 겨울방학이 시작되고 연말 무렵 나는 대구로 내려왔다. 친구들 몇몇이서 교동시장 부근에서 매운 두부찌개를 안주삼아 소주를 마셨다. 2차까지 마셨을 때 일행이 가진 돈이 모두 동이 났다. 불문학을 전공하는 한 친구가 호기롭게 전당포에 가서 시계를 잡혔기에, 우리는 좀 저급한 나이트클럽에까지 진출하여 술을 마실 수 있었다.

다음 날 아침 젊은 몸이지만 섞어 마신 다량의 술에는 감당
할 길이 없어 숙취의 후유증으로 고생하고 있을 때였다. 집으
로 형이 전화를 걸었다. 처음 있는 일이었다.

　"어제 돌아가셨다."

　큰집으로 갔다. 영감은 큰어머니의 소원대로 돌아가시기
얼마 전에 세례(대세)를 받았다고 했다. 세례명은 베드로라고
했다. 장례는 천주교식으로 진행되었다. 장례미사를 올리고
천주교 장지로 운구를 했다. 나는 아들이었으므로 아버지의
영정을 들고 있어야 했다. 눈발이 좀 날리고 있었다.

　하관이 끝나자 누군가가 나에게 삽을 주었다.

　"흙을 덮으시게."

　형과 내가 한 삽 떠서 영감의 관 위로 흙을 뿌렸다. 형은 삽
을 인부들에게 넘기고 한 걸음 뒤로 물러섰다. 나도 형을 따라
했다.

　그때였다. 갑자기 눈물이 주루룩 흘러내렸다. 무릎이 푹 꺾
였다.

8.

아버지, 하 영감은 그렇게 가셨다. 1899년에 태어나 1979년을 가득 채우고, 유신시대가 종말을 고한 그해 12월에 돌아가셨으니, 장수하신 편이다. 대한제국과 일제 강점기와 6·25 전쟁과 조국분단의 시대를 다 겪으면서도, 남북을 주유하며 여러 처첩을 두셨고, 알려진 자식이 4녀 2남에다, 재물 또한 풍족했고 그 재물을 베풂에 인색하지도 않았으며 마지막에는 천주의 품으로 가셨으니, 장삼이사(張三李四)의 삶으로서는 어찌 유복했다 아니하겠는가. 평생 호호탕탕 유유자적 사신 탓으로 걸리적거리는 직함 하나 애써 구하지 않아, 영감으로 호칭된들 그 어찌 부끄러움이겠는가.

삼가 막내아들이 아버지 영전에, 40년을 간직한 이 한 편의 행장(行狀)을 올린다.

남중(南中)

1.

남중이라는 말은 남자 중학교의 줄임말이기도 하지만 다른 의미도 있다. 지구과학이나 천체물리학에서는 남중(南中)을 좀 어렵게 설명한다. 북극과 남극을 잇는 가상의 선을 자오선이라 한다면, 이 자오선의 가장 위쪽에 태양이 위치할 때를 남중이라 한다. 관찰자 중심으로 본다면, 자신의 머리 위로 태양이 가장 높이 떴을 때가 남중인 셈이다.

쉽게 남중을 설명하기 위해, 식상하긴 해도 군대 이야기를 곁들여야 하겠다. 나는 입대해서 훈련을 마치고 3사단 23 연대 전투지원중대에 배치를 받았다. 좀 더 자세히 말하자면

4.2인치 박격포소대 관측병 보직을 받았다. 포병대는 관측장교가 있지만 보병대에서는 관측장교 없이 관측병이 통신병과 한 조를 이루어 포의 타격 지점에 대한 좌표를 포대에 하달한다. 박격포와 같은 곡사포는 직사포와는 달리 직접 표적을 보고 포를 쏠 수가 없다. 산 너머에 적이 있다면, 누군가는 산꼭대기에 올라가 어느 지점에 적이 있으니 그쪽으로 포를 쏘라고 유도를 해주어야 한다. 그게 바로 관측병의 역할이다.

전시(戰時)라면 관측병은 보병의 포격 요청에 따라, 좌표를 따서 유·무선 중 가능한 방법으로 포대에 전달한다. 내가 군에 있을 때는 전시가 아니었으므로, 대개는 산꼭대기의 콘크리트 벙커에 있으면서 적의 동향을 관측하는 일을 했다. 철원 와수리 철책선 해발 220m 지점에 있는 220 OP(Observation Point, 관측소) 콘크리트 벙커에 북쪽으로 네모나게 뚫어놓은 구멍을 통해, 비무장 지대 안의 특이 동향을 관측하는 일이다. 관측을 하다가 특이 사항이 있으면 상황실에 보고를 하고 일지를 작성한다. 간단한 요령만 숙지하면 누구나 할 수 있는 쉬운 일이다. 그 보고는 대개 '13시 21분, 적 1/3명이 A지점에서 작업 중'과 같은 것이다. 이때 분자는 장교, 분모는 사병이다.

눈이 내렸다거나 아카시 꽃이 피어 향기가 진동한다거나 고라니가 움직이거나 독수리가 떼로 앉아 있다는 등의 자연적 현상은 보고하지 않는다. 보고서에는 당연히 비무장지대의 사계와 변화무쌍한 자연의 아름다움은 기록되어 있지 않다.

벙커에서의 생활은 12시간의 근무 시간 외는 비교적 자유롭다. 잠을 자건 책을 보건 철책 선 북쪽 비무장 지대의 풍광을 감상하건 그건 자유다. 다만 하루 세 차례 산 아래를 내려가 대대 취사장에서 밥을 타 날라야 한다. 좀 힘든 일이긴 해도 먹어야 하니 누군가는 해야 할 일이다. 먹고 나면 배설도 해야 한다.

군대에서는 배설도 작전의 일부이기에 콘크리트 벙커를 지을 때 배설의 문제도 염두에 두었으면 좋았으련만, 현실은 그렇지 못했다. 그렇다고 대한민국 육군이 야만인처럼 아무데서나 배설을 할 수는 없었기에 병사들은 배설할 수 있는 시설을 직접 지어 사용했다. 화장실이라고 하기는 좀 뭐한, '변소' 혹은 '똥간'이라는 단어가 딱 어울리는 시설물은 벙커에서 좀 떨어진 곳 8부 능선 정도 지점, 적 관측의 사각지대에 위치해 있었다. 배설하다가 적의 포탄을 맞으면 곤란하기도 하거니

와, 원래 변소와 같은 시설은 눈에 덜 띄는 곳에 설치하는 것
이 일반적인 한국인의 공간 배치 관념이다. 변소는 땅에 구덩
이를 파고 빈 드럼통을 묻고 판자를 올린 다음, 시멘트 블록으
로 벽을 세우고 양철로 지붕을 얹힌 간단한 구조였다. 바람이
불면 양철 지붕이 날아갈지도 몰라, 지붕 위에는 호박돌 몇 개
를 올려놓았다.

아까시 꽃이 지고난 뒤, 첫 휴가는 아직도 먼 어느 날 나는
점심을 먹고 변소에 쪼그리고 앉아 배설을 즐기고 있었다. 봄
철이면 가끔 철원 산악지대에는 맑은 날에도 돌풍이 불 때가
있다. 배설이 클라이맥스에 달하고 난 직후였다. 갑자기 윙하
는 바람 소리와 함께 돌풍이 변소 주위를 몰아쳤다. 시멘트 블
록 벽이 들썩거렸다. 다시 바람 소리가 들리더니 우당탕 소리
가 나고 변소가 순식간에 환해졌다. 돌풍이 변소 지붕을 날려
버린 것이다. 지붕이 있었던 사각형의 공간으로 햇빛이 쏟아
져 들어왔다. 쪼그리고 앉은 자세로 눈을 들어 위를 보니 푸른
하늘에 눈부신 태양이 빛나고 있었다.

이게 남중이다. 태양과 하늘과 내 입과 내 몸의 내장과 항문
이 지구의 구덩이와 일직선으로 놓이는 그 통쾌한 순간이 바

로 남중이다.

2.

아무래도 「소나기」라는 단편 소설의 작가로 유명한 황순원 선생 이야기부터 해야겠다. 선생은 나의 대학 스승이다. 선생은 정년퇴임을 하고 1988년인가 낙상을 한 뒤부터는 건강이 악화되어 강의와 같은 외부 활동은 거의 못하셨다. 대신 문학을 업으로 삼는 제자들의 간청에 못 이겨 일 년에 네 차례 정도 선생은 제자들과 식사 모임을 가졌다.

모임에서도 선생은 별말씀은 없으셨다. 제자들의 이야기를 듣거나 '누구누구의 신간 소설 출간을 축하하네' 정도의 간단한 건배사 정도만 하셨을 뿐이었다. 그러면 제자들은 당신의 살아왔던 세월과 숨겨진 문단 이면사가 궁금했기에, 이것저것 선생께 질문을 한다.

"선생님, 임화와 김남천 만나 보신 적 있으세요?"

"만난 적은 없고…"

"당시 어땠습니까, 그분들은?"

"대단했지."

그러고는 끝이다. 대개 그랬다. 선생은 남의 이야기를 거의 하지 않으셨다. '소설가는 소설로 말한다'가 선생의 지론이기도 했다. 좀 길게 타인의 이야기를 한 건 딱 한 번이다. 제자들 중의 누군가가 춘원 이광수에 대해 여쭤보았을 때다.

"춘원이 말이야… 나한테 편지를 보냈어…"

선생의 이야기가 시작되었다. 춘원과 황순원의 만남이라. 구미가 당기는 이야기이고 모처럼 선생이 길게 서두를 잡은 것이라, 모두 귀를 쫑긋 세웠다. 선생에 의하면 첫 소설집 『황순원단편집』을 출간한 뒤에, 선생은 서명본을 당시의 문단 '선배'인 춘원에게도 보냈다고 한다. 1942년 일제가 신사참배나 창씨개명을 강요할 때였다. 일제의 탄압이 극심해지자 그 무렵 선생은 평양으로 낙향했다.

"평양에서 편지를 받았지. 발신인이 향산광랑(香山光郎)이더구먼…"

향산광랑은 춘원의 창씨개명한 이름이다. 춘원은 그 편지에서 '황순원군'의 소설집은 잘 받았고, 매우 잘 읽었다, 앞으로 좋은 작가가 될 소지가 다분히 있으니, 열심히 소설을 쓰라고 적었다고 한다. 그러나 시대가 시대인 만큼, 조선은 사라졌으니 조선어가 아닌 일본어로 창작을 해라, 이렇게 충고했다고 한다.

"기분이 나빠서 편지를 찢어버렸지…"

선생은 그 이후 언제 발표될지도 모르는 소설을 써서, 사과 궤짝에 보관했다. 그 작품 중의 하나가 1950년에 발표한 「독 짓는 늙은이」다.

3.

1981년 대학교 3학년 때다. 국문과에 '시론'이라는 강의가 있었다. 첫 수업 시간에 P교수는 이승훈 시인이 지은 『시론』이라는 책을 교재로 쓴다고 했다. 그러면서 나를 부르더니, 그 책이 나온 고려원 출판사 편집장으로 '자네의 선배인 시인 박정만'이 근무를 하고 있으니, 직접 가서 사면 싸게 살 수 있을 거다, 그러니 단체로 구입하면 좋을 것이라 귀띔했다.

박정만 시인에게 전화를 했다. 출판사로 오라고 했다. 며칠이 지나 나는 경희대 앞에서 134번 시내버스를 타고 고려원 출판사로 향했다. 고려원 출판사는 조계사와 붙어 있어 찾기 쉬웠다. 박정만 시인은 미리 60부를 끈으로 묶어 놓고 기다리고 있었다. 도서대금은 외상으로 하고 나는 그 책 덩이를 끙끙거리며 학교로 날랐다.

3월 말, 책값이 어느 정도 걷히자 도서 대금을 가지고 출판사로 갔다. 박 시인은 매우 기뻐했다. 자신은 책값을 가져올지 반신반의했다는 것이다. 후배가 책값을 거두어 술 한 잔 마셨다고 해도 뭐 별도리 없는 것이다.

박 시인은 나를 근처에 있는 술집으로 데리고 갔다. 자기의 첫 시집 『잠자는 돌』에 사인을 해서 주면서 말했다.

"이 시집이 지금 재판에 들어갔어."

박 시인은 한참 후배인 나에게 여러 가지 자랑을 했다. 자기 시가 무척 반응이 좋다는 것, 재판 찍은 시집이 그렇게 많지 않다는 것 등등. 나는 '시인'인 선배가 사주는 술을 맛있게 마셨고, 시인은 자기 자랑에 신나 술을 맛있게 먹었다. 술이 어느 정도 취하자 박 시인은 문단에서 자신이 두 번째로 노래를 잘한다고 또 자랑했다. 그러면서 자신의 젓가락 장단에 맞춰 '뽕짝'을 불러 재꼈다. 누가 첫째로 노래를 잘 부르는 지도 들었던 것 같다.

박시인은 나긋나긋하다고 할 정도로 다정했다. 헤어질 때는 버스비 하라면서 천원을 손에 쥐여 주었고, 술이 마시고 싶을 때는 언제든지 찾아오라고 했다. 선후배의 즐거운 만남은 그것이 마지막이 되었다.

그 이후로 박 시인을 만난 적은 없다. 만날 수도 없었다. 얼마 후 박 시인은 출판사를 그만두었고, 그 후 죽을 때까지 유랑하는 삶을 살았기 때문이다.

박정만 시인이 출판사를 그만두게 된 이유는 한수산 필화 사건 때문이다. 1981년 5월의 일이다. 내가 출판사로 찾아가 만난 후 약 두 달이 지난 시점이었다. '이 새끼 불어' 하면서 고문을 가해, 평범한 시민도 간첩으로 둔갑시키는 재주를 가진 '안기부'와 '보안사'가 백주에 활약하던 시절이었다. 소설가 한수산은 당시 중앙일보에 『욕망의 거리』라는 소설을 연재하고 있었다. 『욕망의 거리』 317회 5월 14일 자에는 다음과 같은 내용이 있었다.

"어쩌다 텔레비전 뉴스에서 만나게 되는 얼굴, 정부의 고위

관리가 이상스레 촌스런 모자를 쓰고 탄광촌 같은 델 찾아가서 그 지방의 아낙네들과 악수를 하는 경우, 그 관리는 돌아가는 차 속에서면 다 잊을게 뻔한데도…"

324회 5월 22일 자는 다음과 같은 내용도 있었다.

"하여튼 세상에 남자놈 치고 시원치 않은 게 몇 종류가 있지. 그 첫째가 제복 좋아하는 자들이라니까. 그런 자들 중에는 군대 갔다 온 얘기 빼놓으면 할 얘기가 없는 자들이 또 있게 마련이지."

'정부의 고위관리', '촌스런 모자', '제복 좋아하는 자들'… 이런 별 것도 아닌 것 같아 보이는 단어의 조합에, 당시 신군부 정권의 보안 관계자는 매우 분개했는지도 모른다. 아니면 이런 문구를 함부로 사용하는 녀석들에게 '본때'를 보이기 위해, '조져놓아야' 한다고, 그래서 공포감을 극대화시켜야 한다고 생각했는지도 모른다. 보안사령부 관계자들은 작가 한수산과, 그 소설을 연재하게 한 중앙일보 기자들과, 소설 연재가 끝나면 단행본으로 출간하기로 되어 있는 출판사의 편집장을 보안사 서빙고 분실로 연행했다. 박정만 시인은 작가 한수산과 대학 동문이라는 것과 편집장이라는 이유로 인해 그들의

'조사 대상'이 되었다.

　박정만 시인은 출판사에서 근무하다가 느닷없이 연행되어 서빙고로 끌려갔다. 거기서 갖은 고문을 당했다. 하지만 아무리 고문해도 박정만 시인에게서 그들은 어떤 대공 용의점도 발견할 수 없었다. 한수산을 비롯한 다른 사람들도 마찬가지였다.

　　사랑이여, 보아라
　　꽃초롱 하나가 불을 밝힌다.
　　꽃초롱 하나로 천리 밖까지
　　너와 나의 사랑을 모두 밝히고
　　해질녘엔 저무는 강가에 와 닿는다.
　　저녁 어스름 내리는 서쪽으로
　　유수(流水)와 같이 흘러가는 별이 보인다.
　　우리도 별을 하나 얻어서
　　꽃초롱 불 밝히듯 눈을 밝힐까.

　박정만의 첫 시집에 실린 「작은 연가(戀歌)」라는 시의 앞부분이다. 이런 감성을 가진 사람에게 용공(容共)은 어울리지 않는다. 반공(反共)도 마찬가지다. 신념의 사상은 그에게는 딴 나라의 이야기다. 그는 그냥 서정시인일 뿐이다. 불행히도 보안사 관계자들은 박정만의 시를 보지 않았다. 혹 보았다 해도 그들에게 서정시는 판독 불가능한 암호였을 거다.

서빙고 분실에서 일주일을 고문을 당하고 나서야 시인은 아무 일도 없었던 듯이 풀려났다. 박정만 시인이 서른여섯 살 때였다. 무고한 시민을 영장 없이 체포해서 일주일이나 고문을 가하고 난 뒤, 그들은 '수고했다, 앞으로 조심해라'고 하면서 시인을 석방했다. 시인은 그들에게 고맙다고 감사하다고 몇 번이나 절을 한 뒤에 서빙고 분실의 문을 나왔다.

인간 중에는 투사(鬪士)적 유형이 있다. 이념적 인간이라 해도 된다. 이들은 강철 같은 존재다. 이들에게 압력이 가해지면, 가해지는 힘에 비례해서 반발력이 강해진다. 유신 시절 정치적 탄압이 지속되자, '닭 모가지를 비틀어도 새벽은 온다'고 불굴의 투지를 불태운 정치인이 있다. 그는 훗날 대한민국의 대통령이 되었다. 하지만 느닷없이 끌려가 모진 고문을 당한 박정만 시인 같은 경우는 그 단 한 차례의 폭력만으로도 심신이 완전히 망가졌다. 서정적 인간이 그렇다. 윤동주, 천상병… 그런 순하디순한 인간들이 그렇다. 그들의 정신은 인간에 의한 폭력을 견딜 수 있게 설계되어 있지 않다. 그들이 생각하는 인간은 서로 사랑하고, 서로를 위해 노래하는 존재다. 서정적 인간은 권력이 제도라는 이름으로 행사하는 폭력을 도저히 받아들일 수가 없다. 폭력을 행사하는 인간이나 폭력에 무방비로 당하는 인간이나 모두, 그들이 생각하기에는 인간이 아니기 때문이다. 서정적 인간에게 인간성에 대한 믿음과 확신이 사라지면, 절망과 분노와 오열과 무감각이 남는다. 그들에게 삶은 더 이상 인간의 삶이 아니다. 짐승 같은 삶이다.

박정만 시인은 그 후 7년을 더 살았다. 7년 동안의 빈껍데기 같은 삶에서 박정만 시인은 소주를 '쳐죽이며' 살았다. 그는 소주로 양식을 대신했고, 소주로 절망을 축적했다. 죽기 일여 년 전 박정만 시인에게 마지막으로 '시의 혼'이 찾아왔다. 1987년 8월 20일부터 그해 9월 10일까지 300여 편의 시를 썼다. 시인의 마지막 불꽃이었다. 그렇게 육신과 영혼의 기름을 모두 다 짜낸 뒤 시인은 1988년 10월 2일 봉천동의 허름한 집에서 화장실 변기에 앉은 채로 죽었다. 마흔세 살의 나이였다. 그날은 서울 올림픽의 성화가 꺼지는 날이기도 했다.

그가 죽은 뒤 그의 책상 위에는, 단 한 줄의 시 같은, 쓰다 만 것 같기도 한, 어쩌면 다 끝낸 지도 모르는, 단 한 구절이 놓여 있었다.

"나는 사라진다 저 광활한 우주 속으로"

그 구절을 발견한 후배가 제목을 붙였다. 종시(終詩).

4.

생전 만나지도 못했지만 그 인간을 잘 안다고 생각하는 경우가 있다. 나에게는 김남천의 경우가 그렇다.

김남천(金南天)은 필명이다. 그의 본명은 김효식(金孝植). 평안남도 성천(成川)에서 태어나 유년기를 성천에서 보낸다. 성천은 평양의 동쪽으로 약 70km 거리에 있다. 원산으로 가는 철도가 놓인 교통의 요지다. 성천을 가로질러 대동강의 지류인 비류강이 굽이쳐 흐른다. 비류강을 내려다보며 서 있는 강선루는 관서팔경의 하나로 조선 시대 시인묵객들의 놀이터

이기도 했다.

　김남천은 토지를 좀 소유한 아버지 덕에 성장기에는 학업에 매진할 수 있었다. 평양고등보통학교를 다니며, 교내 잡지에 글을 쓰는 등 10여 편의 습작 소설을 쓴 문학 소년이었다. 평양고등보통학교를 졸업하고 김남천은 1929년 도쿄에 있는 호세이(法政)대학에 입학했다. 대학에 입학한 김남천은 고향 친구인 한재덕의 소개로 프롤레타리아 문학 운동 단체에 발을 들여다 놓는다. 이 단체의 이름이 조선프롤레타리아 예술 동맹, 약칭 카프(KAPF)다.

　카프는 1924년경 시인이자 평론가인 박영희와 김기진 등이 주도하여 만든 단체다. 1929년 무렵에는 도쿄에 있던 강성 멤버가 주도권을 쥔다. 이때 카프 조직을 실질적으로 배후 조종한 인물이 바로 고경흠이라는 공산주의 운동가였다.

　1980, 90년대 대학의 운동권을 생각하면 이해하기가 쉽다. 신입생이 입학하면 운동권 선배가 이런저런 인연으로 알게 된 신입생을 자신이 속한 서클에 가입시켜 그를 의식화시킨다. 1929년의 김남천도 그런 과정을 거친다. 친구의 권유로 카프에 가입하고 보니, 그 조직의 실질적인 리더는 고경흠이

었다. 그는 친구들로부터 고경흠의 활약상을 듣고 고경흠에게 완전 매료된다. 중국과 일본과 조선을 넘나들며 일경에게 체포된 뒤에도 열차에서 탈출했다는 고경흠의 활약상은 청년 김남천을 흥분시키기에 충분했다.

고경흠은 1910년생으로 김남천보다 겨우 1살 위였지만, 그의 경력은 화려했다. 고경흠은 17세에 보성전문학교를 중퇴한 뒤 본격적으로 공산주의 조직 운동에 투신, 제주와 서울과 도쿄와 상하이와 베이징을 오가며 활약했다. 제주에서 체포되어 도쿄로 이송 중에 열차에서 탈출하기도 했다.

김남천에게 고경흠은 우상이었다. 그 또래의 청년에게, 이념에 투철하면서 공산주의 재건 자금을 코민테른으로부터 받아오기도 하고 열차에서 탈출하여 중국으로 달아났다가 다시 도쿄에 잠입한 그런 '능력자'는 우상이 아니 될 수 없었다.

1930년 대학 2학년에 접어든 김남천은 어느 봄날, 탈출했다가 다시 도쿄로 잠입한 고경흠을 만난다. 이 만남 이후 김남천은 고경흠의 충실한 하수인이 된다. 그의 지시대로 그해 여름 평양고무공장 파업 사건으로 달려간다. 이 파업에서 김남천은 전단지를 만들어 배포하는 등의 선전활동을 한다. 큰 역할은 아니지만, 20세의 청년 김남천에게는 완전 새로운 경험이었다. 그는 공장 파업의 와중에 고향 성천으로 달려가 조선청년총동맹 성천지부 창립에도 관여를 한다. 본격적으로 청년 운동의 전위에 뛰어든 것이다.

1931년에 접어들면서 김남천은 아예 학업을 작파하고 본격적으로 조직의 전위가 되어 서울 영등포 등에서 조선공산당 재건 운동에 뛰어 든다. 한편으로는 자신의 특기인 글재주를 살려 평양 고무신 공장 파업을 배경으로 하는 소설 「공장신문」(1931.7.)과 몇몇 평론을 발표한다. 느닷없이 〈조선일보〉 지면에 등장한 김남천은 신예 소설가로, 평론가로 주목받기 시작한다. 이 모두가 고경흠의 영향 아래 벌어진 일이다.

일제는 혈안이 되어 고경흠을 체포하려고 했다. 모든 세포를 동원한 일경은 1931년 8월 도쿄에서 고경흠을 체포했다. 고경흠은 곧바로 서울의 종로경찰서로 압송되었다. 일제는 카프의 멤버를 비롯하여 고경흠과 관계가 있는 수십 명을 체포, 그해 10월 6일 고경흠, 김남천, 임화, 김기진, 안막, 한재덕 등 15명을 구속하였다. 이른바 조선공산당 재건 사건이다. 이들 중 고경흠, 황학노, 김삼규, 김남천 4인만 기소되고 임화,

김기진, 이기영 등 13인은 불기소로 석방되었다.

김남천은 치안유지법 위반으로 1년 반 정도 감옥살이를 하다가 1933년 초 출감했다. 김남천에게 이때의 감옥살이는 훈장처럼 당당한 반일, 반제 투쟁의 표징이 되었다. 출감 당시 김남천의 나이는 겨우 스물세 살, 하지만 그는 카프 멤버 중 유일하게 장기간 옥살이를 했다는 이유로 문단 사회에서 상당한 대접을 받는다. 신문사와 잡지사에서 원고 청탁이 이어졌다. 김남천은 상당히 거침없는 필치로 평론을 쓰고 소설을 발표한다.

"나는 감옥에 갔다 왔어. 그 감방 알기나 해? 2.7평의 감방에서 12명의 죄수와 함께 그 불같은 여름을 보냈어. 마실 물도 없어 갈증에 시달리는 그 지상의 지옥을 자네들은 상상이나 할 수 있겠어?"

김남천이 출옥 후 생산한 몇몇 작품들은 이런 우월적인 투사의식에 가득 차 있다. 출감 직후 발표한 「남편, 그의 동지-긴 수기의 일절」(1933.4)은 감옥에 간 남편을 옥바라지 하는 아내를 화자로 내세운 소설이다. 이 소설의 한 부분이 흥미롭다.

만삭이 된 아내는 옥중의 남편에게서 힐책의 편지를 받는다. 책을 차입하기로 한 남편 친구 김모와 현모에게 왜 책을 부탁하지 않는지 나무라는 편지를, 남편이 아내에게 보낸 것이다. 아내는 이미 그 친구들에게 이런저런 책을 보내 달라고 돈(소액환)과 함께 편지를 보냈다. 하지만 그 친구들은 연락도 없다. 할 수 없이 아내는 서점으로 가서 책을 사서 돌아오는 길에 그 친구들이 술집에서 술에 취해 여급(여자 종업원)과 희롱하고 있는 장면을 목격한다. 아내는 면회 가서 남편에게 그 이야기를 한다. 남편은 불같이 화를 낸다.

"빠가, 무슨 개수작이야! 그런 소리할려면 다시 오지 말어!"

소설 속에서는 남편은 아내에게 소리쳤지만, 사실 이 외침은 동료들에게 보내는 폭탄선언이나 마찬가지다. 이 새끼들, 내가 감옥에 있는 동안 너희들은 뭐 했어? 술이나 처먹고 여자들과 노닥거렸지. 이런 혐오감에 가득 찬 선언.

이 기고만장의 김남천에게 시련이 닥쳤다. 1933년 12월 김남천의 아내가 죽었다. 1932년 김남천이 감옥에 있을 때 첫딸을 낳았던 아내는, 이듬해 12월경 딸을 낳고 열흘도 안 되어 출산 후유증으로 사망했다. 김남천이 스물네 살 때의 일이다. 요즘이라면 겨우 대학을 졸업할 나이다. 그 나이에 김남천은 상처를 했고, 어린 두 딸의 아버지가 되어 있었다.

둘째 딸은 엄마 젖도 먹어보지도 못하고 외할머니의 손에 '독수리표 밀크'와 암죽으로 컸다. 독수리표 밀크는 네슬레사의 수입 분유였다. 이 딸들은 무럭무럭 자라 몇 년 후 아버지의 수염에 '앗, 따가워'를 외치면서도 아버지의 뺨에 얼굴을 비비는 귀염둥이가 되었다.

고향과 서울을 오가면서 소설과 평론과 수필을 쓰던 김남천은 1935년 5월 무렵 카프가 공식적으로 해산되고 난 뒤, 여운형이 사장으로 있던 〈조선중앙일보〉의 문예란을 담당하는 기자가 되었다. 월급을 받는 직장인 생활도 잠시, 1939년 9월 〈조선중앙일보〉가 일장기 말소사건으로 무기 정간이 되자 다시 전업 소설가의 길로 들어선다. 한때 우상이었던 고경흠도 1935년 11월 출소를 하여 〈조선중앙일보〉의 기자가 된다. 고경흠은 훗날 여운형의 비서로 여운형이 암살당할 때, 승용차 뒷좌석에 함께 타고 있었다. 혜화동에서 트럭이 앞을 가로막고 괴한이 승용차 앞 범퍼에 올라타 여운형을 저격했다. 총탄 두 발을 맞은 여운형은 인근 서울대병원으로 옮겨갔으나 바로 절명했다. 이때 피 흘리는 여운형을 병원으로 옮긴 자가 바로 고경흠이었다.

　김남천은 1933년 이후 가끔의 공백기도 있었지만 부지런히 소설을 썼다. 이때 조선의 문화계에 한 획을 그은 '인문사'라는 출판사가 탄생한다. 인문사는 경성제국대학을 졸업한 영문학자 최재서가 1937년 설립한 출판사로 주로 문예물을 출간했다. 1937년 무렵에는 한글 독자층이 성장해 소설의 경우 초판 1천 부는 가볍게 소화할 정도였다. 당시 인문사에서는 『조선문예연감』, 『조선작품연감』, 『모던문예사전』, 〈인문평론〉 같은 책을 발간했고, 최재서는 인맥을 활용해 최재서 자신을 포함해 신진급에 속하는 김남천, 이원조, 임화, 백철, 안회남 등 6인을 편집위원으로 포진시켰다. 편집위원 중 한 사람인 이원조는 「청포도」의 시인 이육사의 친동생으로 당시 조선일보 학예부 기자였다. 인문사의 책들이 출간되면 유력한 신문에 서평을 게재할 수 있는 체제를 갖춘 셈이었다.

　소설의 경우 당시에는 잡지나 신문 연재 후 단행본으로 출판하는 것이 관례였다. 영국 런던 물을 먹어본 최재서는 당시로서는 획기적인 단행본 소설 기획을 했다. 그것이 바로 인문사 '전작장편소설'의 출간이다. 전작장편소설이란 작가가 출판사의 의뢰를 받아 집필하여, 신문이나 잡지에 연재하지 않고 바로 단행본으로 출간한다는 의미를 가진 말이다. 이 전작장편소설의 1번으로 김남천의 『대하』가 선정되었다.

일제 강점기도 자본주의 시대니만큼 책을 팔아야 출판사가 운영된다. 책을 팔려면 당연히 홍보가 중요하다. 최재서는 사전 홍보도 한다. 요즘 말로 하면 독자에게 각인하는 전략이다. 조선일보에 김남천이 인문사에서 발행하기로 되어 있는 『대하』를 집필하러 여행을 떠나기에, 문인들의 환송회가 아서원이라는 음식점에서 열렸다는 기사가 실린다. 이게 기삿거리가 되나 하고 의아하지만, 당시에는 문인들의 동정도 기삿거리가 된 모양이다. 물론 이원조가 이 기사를 썼을 것이다. 최재서는 김남천의 『대하』를 띄워, 전작장편소설 시리즈를 성공시키겠다는 의욕이 매우 강했다. 이광수나 김말봉이나 김동인의 소설이 유행하던 시절에 새로운 소설로 분위기를 바꾸고 싶어 했다. 김남천으로서도 나쁠 것이 없었다.

그렇게 하여 1939년 1월 『대하』가 출간되었다. 『대하』에 대한 서평이 채만식, 유진오, 백철 등의 일급의 작가나 평론가들에 의해 〈조선일보〉와 〈동아일보〉 등에 실렸다. 당연히 『대하』는 잘 팔렸다. 『대하』를 통해 김남천은 30살도 되지 않은 나이에 조선의 대표적인 소설가가 되었다.

『대하』는 김남천의 고향 성천을 배경으로 한 소년 주인공이 성장하면서 어떻게 자존심을 지켜나가는가에 초점이 맞춰진 소설이다. 이 소설 주인공의 자존심은 식민지 지식인의 자존심, 즉 김남천의 자존심과 연결된다. 한때 공산주의 운동을 하다가 투옥된 후 출감 이후에는 문인으로서 살아가는 김남천, 그에게 자존심은 생존의 문제에 버금갈 만큼 심각한 문제였다. 한때 김남천의 우상이었던 고경흠은 재판 과정에서 공식적으로 전향선언을 하고, 1938년 7월에는 전향인사들의 조직체인 시국대응전선사상보국연맹(時局對應全線思想報國聯盟) 경성지부 간사가 되었다.

김남천이 이를 어떻게 받아들였을까? 직접적으로 김남천이 고경흠을 언급하지는 않았다. 하지만 김남천은 이를 소설로 우회해서 전향자를 다루고 있다. 전향(轉向)이란 여러 의미가 있지만 일제 치하에서는 공산주의 사상을 가진 자가 일본의 국체 사상, 즉 천왕주의로 회귀하는 것을 말한다. 이 전향은 상당히 복잡하여 일본인에게는 전향이 민족주의로 돌아가는 것이 될 수 있지만 조선인에게는 민족을 배반하는 행위다. 때문에 일본의 평론가 임방웅 같은 사람은 '조선인에게는 전향해도 돌아갈 조국이 없다'라고 했다. 말은 하지 못해도 조선 민족의 정체성을 염두에 두고 있다면 전향은 민족에 대한 배신일 수 있기에, 매우 불결한 것이었다.

김남천은 이 전향 문제를 본격적으로 다룬 「경영」, 「낭비」, 「맥」이라는 소설 3부작을 쓴다. 소설은 비유적일 수 있기에 검열을 피해 작가가 하고 싶은 말을 할 수 있다. 특히 조선사상범보호관찰령(1936)이 작동하던 일제 말기에는 더욱 그렇다. 이 연작 소설에서 김남천은 보리의 비유를 통해 세 인물을 대비시킨다.

한 알의 보리를 생각해보자. 보리는 가루가 되어 빵의 재료가 되든지, 아니면 씨로 뿌려져 다음 해 수많은 보리를 재생산해 낼 것이다. 빵의 재료가 되는 보리와 종자가 되는 보리. 여기서 빵의 재료가 되는 보리는 전향자이다. 빵의 재료가 전향자라니?

여기에는 설명이 좀 필요하다. 1935년 일제는 조선인 전향자들에게 전향의 이유에 대해 설문조사를 했다. 왜 전향했는가? 이 물음에 조선인 전향자들은 근친애 및 가정관계가 1위로 41.6%, 구금에 의한 후회 27%, 국민적 자각 6.7%, 건강 성격으로 인한 신상관계 6.7%, 이론적 모순의 발견 5.6%, 신앙상 2.2%, 기타 10.1%였다. 근친애 및 가정관계나 구금에 의한 후회가 거의 70%를 차지하는 전향의 이유다. 근친애 및 가정관계란 결국 가족 때문에 전향을 한다는 것이다. 국민적 자각이나 이론의 모순과 신앙상 전향했다는 전향자는 14.5%에 불과하다. 이 말은 신념에 의한 전향은 열에 한 명 정도라는 것을 말해준다. 조선인은 대부분 사상적인 이유가 아니라 생활적인 이유 때문에 전향했다. 부모 처자식을 건사하고 먹고 살기 위해 전향했다는 말이다.

1942년 일제는 일본인 전향자 이유도 조사했다. 이 조사에서 국민적 자각이 32%, 근친애 및 가정관계 28.2% 이론적 모순의 발견이 12.4%로 나타났다. 일본인에게는 사상적 이유로 전향한 사람은 46.8%에 달한다. 둘 중 하나가 공산주의에서 천왕주의로 사상을 갈아탄 것인데, 이는 세계의 보편적 사상에서 민족주의로 회귀한 셈이 된다. 나머지 하나는 조선인과 마찬가지로 생계 때문이었다.

한 알의 보리가 가루가 되어 빵의 재료가 된다는 뜻은 먹고 살기 위해 전향했다는 것이다. 목구멍이 포도청이다, 이런 뜻이 된다. 이 경우는 비록 전향을 했지만 가족을 위한다는 명분은 있기에 당당할 수 있다.

반대로 씨로 뿌려져 미래에 많은 보리를 생산하는 종자가 된다는 건 끝까지 전향하지 않는다는 것, 이것은 자신의 목숨을 담보로 해야 가능한 선택이다. 국내에서 이 선택을 한다는 건 몹시 어렵다. 목숨도 초개와 같이 버릴 수 있는 지사적 신념이 없으면 선택할 수 없는 길이기도 했다.

김남천은 여기서 또 다른 인물 유형을 만들어 낸다. 회의주의자가 바로 그것이다. 빵가루를 선택하지도 못하고 미래의 보리 생산을 '본능적으로' 꿈꾸던 인물. 그게 바로 김남천 자신의 모습이다. 어쩔 수 없이 빵가루가 되는 척하지만, 본능적으로는 종자가 되기를 희망한다는 것. 이게 1940년 무렵의 김남천이었다. 하지만 이런 김남천도 본격적으로는 종자로 활약하지는 못한다. 때문에 더 이중적인 회의주의자, 회색주의자일 수밖에 없다.

1941년 12월 진주만을 기습하여 태평양 전쟁을 일으킨 일제는 1942년 무렵에는 사상 통제를 더욱 강화한다. 신사참배, 창씨개명 등이 강요되며, 조선어로 글을 발표할 수 없게 된다. 조선의 작가에게 조선어 사용금지는 치명적이다. 이때 조선의 작가가 선택할 수 있는 방법은 세 가지다. 첫째 절필, 둘째 작품을 써도 발표를 안 함, 셋째 일본어로 글을 쓰고 발표.

김남천의 경우 처음에는 절필을 택했다. 그러다가 인문사 주간 최재서의 청탁으로 1943년 1월 〈국민문학〉에 일본어로 된 작품을 실었다. 〈국민문학〉은 최재서가 주관한 잡지로 〈인문평론〉을 계승하였으되 일본어로 발간한 잡지였다. 1941년 11월 창간호가 나오고 1945년 2월까지 통권 38호가 발간되었다. 여기의 필진은 최재서, 백철, 김동인, 이원조, 주요한, 박영희 등 당시 조선의 유명 필자들이 상당수 포함되어 있다.

김남천은 최재서의 부탁을 거절하기 어려웠다. 김남천은 인문사의 간판 작가였고, 그가 간판 작가가 되기까지에는 최재서의 役할이 지대했다. 당시 최재서는 조선어는 이제 끝났다, 라고 생각했음이 분명하다. 그렇다면 작가나 시인이나 평론가는 일본어로 글을 써야만 한다. 지금의 관점으로 보면 그 생각은 지나가는 개도 웃을 이야기지만, 1940년대 초반에는 그 생각이 조선 문인이나 지식인 사이에서는 대세의 사상이었다. 미국을 상대로 전쟁을 일으킨, 욱일승천하는 일본의 국력에 함몰된 조선 지식인이나 문인들의 불가항력의 서글픈 자화상이기도 했다.

『친일인명사전』에 등재된 인물 4776명 중, 문인은 41명이다. 이 문인들이 『친일인명사전』에 등재된 가장 큰 이유가 바로 일제 말기에 일본어로 발행되던 〈국민문학〉과 총독부 기관지로 유일하게 조선어로 신문을 발행했던 〈매일신보〉에 글을 발표했기 때문이다. 〈국민문학〉과 〈매일신보〉가 남아있기에 이들은 더욱 쉽게 친일 문인으로 지정될 수 있었다. 이들보다 더욱 많았을 것으로 추측되는 친일부역자는 글을 남기지 않았기에 친일의 멍에를 쓰지 않았다. 예컨대 아이들에게 일본어를 사용하지 않으면 뺨을 때리고, 신사참배를 강요했던 수많은 초중등학교 조선인 교원은 결과적으로 친일파가 아니 되었다. 인간적으로 보면 더 나쁜 것이 분명한 수많은 밀정이나 징용동원업자들 역시 친일파가 아니 되었다. 명확한 증거가 없기 때문이다. 반대로 문인은 그들의 생계수단인 글이, 잡지나

신문과 같은 지면에 남아 있다. 이 글로 인해 그들은 확실한 친일파가 되었다. 글을 남긴다는 건 이처럼 무서운 것이다.

김남천이 유일하게 일본어로 발표한 소설은 바로「或る 朝」, 번역을 하면「어느 날 아침」이다. 이 소설은 의미심장하다.

이 소설은 일인칭 소설이다. 소설의 화자이자 주인공 '나'는 김남천 자신이라 보아도 무방하다. 때문에 소설 속의 '나'를 김남천으로 바꾸어 내용을 소개한다.

어느 날 아침 김남천은 아내가 해산 기미가 보이자 산파를 불러놓고 어린 두 아들을 데리고 서울 삼청공원으로 산책을 나간다. 두 딸을 낳은 첫 아내와 사별한 뒤 김남천은 재혼을 했다. 새 부인이 아들 둘을 낳았고, 이어 세 번째 아이 출산을 하게 된 것이다. 산책길에서 김남천은 S선생을 떠올린다. S선생은 천도교 기관지로 민족의식을 고취하던〈개벽〉사 주간을 지내다가, 전향을 하고 수년 전부터 어느 제약회사 중역으로 일하고 있다. 김남천 역시 문필활동을 그만두고 그와 같이 제약회사에 다니고 있다(소설가 유진오의 회고에 의하면 김남천은 종로구 낙원동에 위치한 신흥제약소에 근무했다). 일제는 전향자에게 직업 알선을 해주는 등 나름의 회유 정책을 폈다. S선생과 김남천도 그 혜택을 본 셈이다.

산책길에서 김남천은 재계의 거물 K씨 일행을 만난다. K씨는 '비상 체제라 가솔린이 모자라 골프를 그만 두고 아침 산책을 나왔다'고 너스레를 떤다. 일제 말기에 자가용을 타고 다니며 골프를 즐기는 K씨는 부르주아 친일 인사임에 분명하다. 산책을 마치고 집에 돌아오니 아내는 무사히 출산을 했다. 김남천은 안도하며 세면을 하고 출근을 한다. 출근길에서 김남천은 소풍 가는 소학교 아이들의 행렬을 본다. 이 행렬을 보면서 김남천은 이렇게 생각한다. 번역하면 그의 생각은 이렇다.

"나는 다섯 명의 내 아이들도 그 행렬에 끼어있는 듯한 착각을 느꼈으며, 또 S선생의 막내도 K씨의 손자도 그 행렬 속에 있는 것이 아닐까 하고 두서없이 생각했던 것이다."

김남천의 이 진술은 그의 내면의 진솔한 토로이다. 한 때 공산주의 운동을 하고, 조선 민족을 위한 글을 썼던 김남천, 그와 비슷한 활동을 했던 S선생, 친일 인사인 K씨. 이들은 과거에는 다른 삶을 살았지만, 1943년에 이르면서 이른바 신체제 속에 모두 흡수되어 같은 운명으로 일본화되어가고 있다는 쓸쓸한 자각. 더 비극적인 건 자신들의 아이들은 그런 과거도 모른 채 한 덩어리로 행진하고 있다는 것이다. 그 행진이 어디까지 지속될지 알 수 없는 답답함. 이게 일제 말기, 다섯 아이의 아버지이자 서른세 살이 된 조선의 일급 작가 김남천의 내면 풍경이다.

5.

2016년 여름 무렵부터 박근혜 대통령 퇴진운동이 일어났다. 정권 차원에서 문화예술계 인사들을 탄압했다는 이른바 블랙리스트 파문도 불거졌다. 이 블랙리스트 파문은 문체부 등 정부 기관에서 정권이 싫어하는 특정한 문화예술계 인사의 리스트를 만들어, 그들을 각종 문화예술 지원 사업의 수혜 대상에서 제외했다고 해서 불거진 파문이다. 2016년 12월에는 민간인에 의한 국정농단을 수사하는 특검이 설치되었다. 특검의 수사 범위에 문화예술계 블랙리스트 파문도 포함되었다.

2016년 12월 말, 어느 날 아침, 나는 전화 한 통을 받았다. 전화를 건 사람은 특검의 검사였다. 특검의 검사? 나같이 평범한 시민은 특검이라는 말에도 놀라기 마련이다. 하물며 특검의 검사가 나에게 무슨 일로? 검사는 자신이 L검사라고 신분을 밝힌 다음, 상당히 정중하게 말을 이어 나갔다. 특검에 출석하여 참고인 신분으로 블랙리스트 관련 진술을 해줄 수 있냐고 했다. 있었던 사실 그대로만 진술하면 된다고 했다. 당연히 내가 알 수 없는 것을 진술할 수는 없다. 잠시 생각하다가 나는 그 요청을 받아들이기로 했다. 다음날 오후 3시에 대치동의 특검 사무실 0000호에 출석하기로 했다.

대치동 특검 사무실 입구에는 여러 방송사 차량과 취재진 등이 뒤엉켜 아수라장이었다. 그들 사이를 비집고 1층의 승강기 쪽으로 다가가니 몇몇 기자들이 나의 얼굴을 찍으면서 따라 붙었다. 무슨 일로 오셨냐고 스마트폰을 들이대며 질문을 했다. 말을 하면 녹음이 될 것이다. 일개 문학평론가를 알아보는 기자는 물론 없었기에, 나는 묵묵부답으로 승강기 입구에 섰다. 승강기 앞에서 나에게 전화를 한 L검사가 내려보낸 수사관이 내 이름을 물어 확인한 다음, 나를 17층의 사무실로 데려갔다.

L검사는 30대 후반이나 40대 초반 정도로 보이는 비교적

젊은 검사였다. 그는 나에게 참고인 진술을 수락해주어 감사하다는 말을 하고, '바쁘실 테니' 아시는 것만 간략하게 진술해 주시면 된다고 했다. 검사는 나의 직업과 나이, 주소 등을 확인한 뒤, 본격적인 질문을 시작했다.

문: 진술인이 문예위(한국문화예술위원회) 책임심의위원으로 위촉된 배경은 무엇입니까?

답: 대개 문단에서 중진급으로 활동하는 분을 한국문화예술위원회 각 분야 위원들이 추천을 합니다. 그렇게 하여 위원장이 위촉을 합니다. 각 예술 분야별로 인재풀이 있는데 그 풀에서 뽑는 것으로 알고 있습니다.

문: 언제부터 언제까지 책임심의위원으로 위촉이 되었나요?

답: 2014년 봄에 위촉이 되어 2015년 6월경까지 활동하였습니다.

문: 책임심의위원 제도는 어떤 제도인가요?

답: 그 해의 문예진흥기금사업 각 분야의 심사를 책임지고 심의를 하는 제도입니다. 문예진흥기금사업 지원심의의 전문성과 책임성을 제고하기 위하여 2010년경부터 실시

한 제도라고 알고 있습니다. 그런데 비슷한 제도가 문예진흥원 시절부터 있었습니다. 분야별 예술 현장의 전문가를 심의위원으로 위촉하여 약 1년 동안 문예진흥기금 공모사업에 대한 지원심의를 전담하는 제도로 연중 상시 심의를 진행하는 제도입니다.

검사는 문화예술위원회 홈페이지에서 출력한 2010년에서 2014년까지의 '책임심의위원제도 안내'라는 출력물을 나에게 보여주면서 질문을 이어나갔다.

문: '2014년 책임심의위원제도 안내'를 보면, 위촉 기간이 2014년 3월 1일부터 2015년 2월 28일까지로 되어 있는데, 위촉 기간이 말씀하신 기간과 차이가 있는 이유는 무엇입니까?

답: 실제로는 그 전해 사업의 심의가 끝나면 위촉이 되고 당해 심의 사업의 심의가 끝나야 해촉이 되는 방식으로 운영이 되었기에 공식적인 안내문과는 다를 것입니다.

문: 당시 진술인이 속하여 있던 문학 분야의 다른 책임심의

위원은 누구였나요?

답: 소설가 K씨, 시인 R씨와 K씨, 평론가 L씨였습니다.

문: 책임심의위원 심의는 어떠한 방식으로 진행이 되는가요?

답: 경우에 따라 다릅니다. 이를테면, 심의 내용이 간단할 때는 5명이 합의제로 운영합니다. 심사 분량이 많거나 중요한 것은 3심 제도를 두어서 심의를 합니다. 해외 레지던스 사업 같은 건 지원자의 서류만 보고 판단할 수 있기에 단심 합의제로 합니다.

문: 레지던스 사업이란 무엇을 말하나요?

답: 이를테면 외국의 대학이나 정부 등에서 진행하는 문인 연수 프로그램 같은 것이 있습니다. 각국의 문인들이 모여 각국의 문학을 소개도 하고 교류도 하는 거죠. 이때 지원자를 공모해 항공료나 체재비 일부를 지원하는 사업입니다. 지원자 중에서 문학과 어학 능력의 수준을 판단해서 결정하면 되는 일이기에, 단심으로 결정하죠.

문: 3심으로 하는 건 어떤 경우인가요?

답: 문예위의 사업 중 가장 비중 있는 것이 문학창작기금 사업입니다. 해마다 다르지만 보통 700-800명이 지원을 합

니다. 지원자의 시나 소설을 평가해서, 창작기금을 주는 것이죠. 보통 1천만 원 정도를 지원하고, 그 지원 대상은 대개 100명입니다.

문: 문학창작기금사업의 심의는 어떻게 진행되었나요?

답: 1차 심의는 장르별로 3-4명을 별도의 심사위원으로 위촉합니다. 시와 소설은 지원자가 많으니까, 3-4명씩 배치를 하고, 수필이나 희곡 같은 건 2-3명씩 배치를 하지요. 1차 심사위원은 문예위의 인재풀 중에서 책임심의위원들이 합의를 해서 뽑습니다.

문: 1차 심사위원이 작품을 읽고 뽑는다는 말씀인가요? 그럴 때 인맥 관계가 심사에 영향을 미칠 수가 있나요?

답: 그럴 수도 있지만, 실제는 그렇지 않다고 보아야 합니다. 그 이유가 1차 심사 때는 응모자의 이름을 지우고, 작품만 보고 3-4명이 합평을 해서 뽑기 때문에 친소관계가 적용된다고 보기는 어렵습니다.

문: 객관적으로 공정하게 진행된다는 말씀이군요. 2심은 어떻게 진행됩니까?

답: 1심에서 1.5배수나 그 이상을 뽑아 올립니다. 전체 숫자

는 책임심의위원들이 먼저 합의를 합니다. 예산이 10억이 배정되어 있으니, 100명에게 각각 1천만 원을 지원할 수 있죠. 그러면 시 40명, 소설 30명, 기타 30명, 이런 식으로 먼저 장르별 배분을 해 놓는 거죠. 시를 예로 든다면 30명을 뽑아야 하니 1심에서 50명 정도를 2심으로 올리는 거죠. 그럼 2심은, 책임심의위원 중 시인 2명과 또 다르게 위촉한 2심 심사위원 2명 정도가 합평을 해서 30명 정도를 뽑아 올립니다. 다른 장르도 마찬가지로 그렇게 하죠. 그러면 2심에서 전체 100명을 뽑고 후보자로 2-3명을 추가로 선정합니다.

문: 2-3명 더 뽑는 이유는 무엇입니까?

답: 혹 뽑힌 100명 중에 유고가 생기면 대체하기 위해서입니다. 연락이 안 되거나, 외국에 나갔다거나 여러 이유가 있겠지요. 표절 문제가 제기되면 탈락시키기도 하고요.

문: 3심은 어떻게 진행되나요?

답: 3심은 상당히 형식적입니다. 2심에서 올라 온 100명의 명단을 책임심의위원들이 확인하고 확정하여 도장만 찍으면 끝나는 일입니다.

문: 책임심의위원들이 도장을 찍은 3심의 심의 결과는 어떻게 반영이 되는가요?

답: 책임심의위원이 심의 결과로 올리면 100% 반영이 됩니다. 그것을 뒤집을 수는 없습니다.

문: 최종적으로 책임심의위원 심의회의 결정과 다른 결론이 난 경우도 있나요?

답: 2014년을 제외하고는 없습니다. 책임심의위원 심의가 최종적인 결정은 아니지만 실질적으로는 최종적인 결정입니다. 그 결정을 문예위 위원회에서 그대로 추인하는 형식으로 알고 있습니다.

문: 2014년에는 어떻게 진행되었나요?

답: 2014년 11월 11일까지 신청을 받아, 약 700~800명이 지원했고, 1심과 2심은 해를 넘겨 2월 정도까지 심의가 끝나 102명을 선정해 둔 상태였습니다. 그런데 3심이 제 날짜에 진행되지 않아서 의아해하였습니다. 원래대로 진행이 되었으면 늦어도 2015년 3월경에 3심이 마무리가 되어야 하는데, 이상하게도 계속 지연이 되어 의아하게 생각하고 있었습니다.

문: 그럼 언제 3심이 진행되었나요?

답: 2015년 6월 5일이었습니다. 문예위 담당자가 명단을 가지고 왔는데, 매우 난감한 표정이었습니다. 2심에서 뽑아놓은 102명에서 18명을 제외한 명단이더군요. 심의위원들이 모두 매우 황당해했습니다. 왜 이렇게 되었느냐고 물으니, 문체부와 청와대에서 지시한 사항 같은데, 위에서 이렇게 하라고 하는 것이어서 자신들도 자세히는 모른다고 하였습니다.

문: 그래서 도장을 찍지 않았나요?

답: 당연히 찍을 수가 없었습니다. 저를 포함한 다른 위원들도 상당히 격앙된 분위기였고요. 당시에 정확한 실체는 몰랐지만 청와대와 문체부의 누군가가 '장난'을 친다는 소문이 돌 때였습니다.

문: '장난'이란 무슨 뜻인가요?

답: 일종의 검열인데, 정권의 입맛에 맞지 않는 인사들은 지원을 배제한다는 것이지요.

문: 정권의 입맛에 맞지 않는 인사들은 어떤 인사들을 말하는 거지요?

답: 그것도 좀 황당했습니다. 저희 위원들이 문예위 직원에게 제외된 18명은 무슨 기준으로 그렇게 되었냐고 물었더니, 자신들도 도통 모르겠다고 대답했습니다. 진보적인 문학인, 소위 좌파 문학인도 아니고, 배제된 분들이 좀 뒤죽박죽이어서 황당하고 곤혹스럽기는 자신들도 마찬가지라고 했습니다. 다만 그전 대통령 선거와 관련이 있지 않나 추측하기는 하는데, 그것도 확실하지 않다는 겁니다.

문: 대통령 선거와 관련이 있다는 것은 어떤 것인가요?

답: 특정 후보 지지 선언이나 찬조연설 같은 것입니다.

문: 그대로 회의가 끝났나요?

답: 그렇지 않습니다. 당시 한국문화예술위원회 위원장이 새로 임명이 될 것이라는 기사가 막 나왔던 상태입니다. 그 신임 위원장이 당시 문체부 K장관과 개인적인 인연이 있는 것으로 보도가 되었고요. 그래서 제가 제안을 했습니다. 이게 누구의 장난인지는 모르지만, 그 누구는 정권이 바뀌면 반드시 감옥에 간다, 지금이 어떤 세상인데, 이렇게 강압적으로 하려고 하느냐, 문인들은 글로 먹고

사는 사람들이다, 누군가는 이런 상황을 언젠가는 글로 남길 거다, 그러니 파국으로 가지 말고 신임 위원장에게 장관이나 청와대를 설득하게 해라, 그다음에 다시 원안대로 가지고 와서 회의를 하자, 문학분야 심의위원이 이렇게 말했다고 신임위원장에게 전해라, 이렇게 하고 그날 회의를 끝냈습니다.

문: 3심은 다시 열렸습니까?

답: 예, 6월 9일 신임 위원장이 임명되었고, 일주일쯤 있다가 2차 3심 회의가 열렸습니다.

문: 2차 3심은 어떻게 진행되었습니까?

답: 먼저 문예위 직원이 그동안의 경과를 보고하였습니다. 신임위원장에게 저희의 의견을 전달하였고, 위원장이 청와대에까지 가서 노력을 하여 10명은 구제하였지만, 도저히 8명은 자신의 능력 밖이라 어쩔 수 없다, 그러니 94명으로 확정된 안에 도장을 찍어 달라고 했습니다.

문: 그래서 도장을 찍었습니까?

답: 아닙니다. 회의실에서 직원들을 내보내고, 책임심의위원 다섯 명이 잠시 회의를 했는데, 불가(不可)하다는 의

견으로 결론이 났습니다. 그래서 직원을 불러, 우리는 한 명이라도 우리가 심의한 원안에서 빠지면 도장을 찍을 수 없다고 최종적인 통보를 했습니다.

문: 도장을 찍지 않고 회의가 끝났습니까?

답: 그렇습니다.

문: 그럼 최종적으로 2014년의 문학창작기금사업은 어떻게 되었나요?

답: 이후에 기존의 관행과 달리 문화예술위원회 홈페이지에 결과 발표를 하지 않고, 이사회의 의결을 거쳐 70명 정도에게만 개별 통보를 했다고 들었습니다.

문: 이사회의 의결을 거쳐 지원사업 대상자를 선정하는 관행도 있었나요?

답: 없는 것으로 알고 있습니다.

문: 이것을 블랙리스트 사건이라고 말할 수 있습니까?

답: 2015년 6월경에는 블랙리스트라는 말을 사용하지 않았고, 권력에 의한 검열이라 생각했습니다. 결과적으로 보면 문학 외적인 일로 30여 명이 지원 대상에서 제외되었으니, 그 30여 명은 블랙리스트에 오른 인물이라고 볼

수 있습니다.

검사는 내용을 이미 파악하고 있는 듯 불필요한 질문은 하지 않았다. 그래도 네 시간이 후딱 지나갔다. 검사는 1층까지 따라 나와 나를 배웅해주었다. 기자들이 여러 명 몰려와 무슨 일로 오셨느냐, 무슨 진술을 했냐고 물어보았지만, 그들을 무시하고 재빨리 대치동 골목을 벗어났다. 갑자기 시장기가 느껴졌다. 생태찌개나 삼겹살에 소주 한 잔 생각이 간절했다. 긴장하긴 했던 모양이다. 그러면서 특검 사무실도 강남구 대치동에 차려? 광화문 근처나 종로에서 하지, 이런 생각을 했다.

해가 바뀌고 2017년 3월 10일, 18대 대통령 탄핵안이 헌법재판소에서 탄핵인용 결정이 났다. 탄핵되었다는 말이다. 19대 대선 선거일을 20여 일 앞둔 어느 날 아침, 특검의 검사에게서 전화가 걸려 왔다. 내가 참고인으로 진술한 내용에 대해 특검의 피고인들이 동의할 수 없는 부분이 있다고 하므로 재판정에서 시비를 가려야 한다, 재판정에 출석하여 증인 진술을 할 수 있느냐는 내용이었다. 내가 진술한 내용에 동의하고,

말 것이 어디 있나. 그냥 그랬다고 진술한 것뿐인데. 은근히 화가 났다. 어쩌면 검사가 나를 법정에 출석시키려고 그렇게 말하는지도 모른다고 생각했지만, 그보다는 내가 진술한 말에 대한 책임은 져야 하는 것이 도리라는 생각이 들었다.

　4일 26일 오후, 재판정에 출석하면서 나는 실수를 했다. 차를 두고 대중교통을 이용할 걸, 그날따라 별 생각없이 차를 가지고 갔다. 그랬더니 서초동 서울중앙지법 입구에서 차가 꼼짝도 안 했다. 30분이나 차 속에서 허비하다 도저히 안 되겠다 싶어 인근 골목에 무단 주차를 하고 헐레벌떡 법정 건물로 뛰어갔다. 주차 위반 딱지를 떼는 것이 법정에 지각하는 것보다는 나을 거다. 흐르는 땀을 닦고 숨을 고르며 건물 안으로 들어서니, 기자들이 에워싸고 TV 카메라 서너 대가 내 앞을 가로막았다. 그들에게 가로막혀 법정으로 들어가지 못하고 있을 때, 제복을 입은 법원 경비원이 나타나 증인으로 오신 분이냐며 바로 법정으로 안내해 주었다. 다행히 재판이 시작되기 10분 전이었다.
　조금 있다가 검사 한 명과 피고인 K씨, J씨 그리고 그들의 변호사 두 명이 입장했다. K씨와 J씨는 몹시 초췌하게 보였다. 그들은 피고인석에 앉자마자 바로 눈을 감아 버렸다. 증인인 나를 한 번도 바라보지 않았다. 궁금하지도 않을 것이다.

판사 4명이 입장했다. 별안간 판사나 변호사나 검사나 피고인이나, 나를 제외하면 모두 법을 전공한 사람들이라는 생각이 들었다. 그들만의 권력쟁투의 리그에 문학을 업으로 하는 내가 섬처럼 둥실 떠 있는 것은 아닐까. 섬은 바다에 있어야 하는데 말이다. 그래도 어머니는 마지막 몇 년은 법의 혜택을 받긴 했다. 아버지야 법과는 상관없이 자신의 법대로 살긴 했지만. 짧은 순간 그런 생각들이 지나갔다.

법정은 영화나 TV에서 보는 것과 거의 다름이 없었다. 판사가 재판을 시작함을 알리고 곧 변호사의 심문이 이어졌다. 변호사 말의 요지는, 어느 정권이나 블랙리스트가 존재하는 것이 아니냐, 정부가 지원하는 게 적절치 않다고 판단해 지원을 안 하는 게 검열이냐, 하는 것이었다.

나는 그 순간 김남천이 떠올랐다. 그도 일제 강점기에는 블랙리스트에 해당하는 인간이었다. 나는 차분하게 검열에 대해 설명했다. 일제 강점기의 검열과 문인 탄압과 회유에 대해 이야기했다. 부조리한 권력이 인간을 어떻게 망가뜨리는지를 말했다.

　변호사는 이 사건과 관계없는 진술은 하지 말라고 했다. 판사가 변호사 말을 제지하고 나에게 계속 진술하라고 했다. 5분 정도로 일제 강점기를 끝내고 전두환의 5공 시대를 이야기했다. 박정만 시인까지 이야기하면 너무 길어질 것 같아서, 문예정책의 자율성에 대해 간단히 이야기했다. 문화예술계 내부에서 여러 검증 절차를 거쳐 합리적인 지원을 결정했는데, 상급 기관에서 문학적인 이유가 아닌 정치적인 이유로 그 지원 결정을 철회한 것은 명백한 검열이고 직권 남용이라고 말했다. 심의 때 그런 위력을 행사한 자는 정권이 바뀌면 감옥에 갈 거다, 라고 했다고도 말했다. 변호사는 문학을 전공한 사람이 법을 어떻게 알기에 감옥에 간다고 말했냐고 물었다. 나는 법은 상식에 기초한다고, 그리고 검열에 관한 한 나는 법을 전공한 사람보다 더 전문가라고 말했다. 변호사가 내 말에 반박을 했지만, 그 말에는 영혼이 담겨 있지 않았다.

　검사는 자신의 심문 차례가 돌아오자 짧게 질문을 했다. 일년 동안 책임심의위원을 하면 얼마나 받느냐고 물었다. 회의

한 번에 2, 30만원이니 일 년에 한 150만 원에서 200만 원 정도 될 거라고 말했다. 그 정도의 돈을 받고도 열심히, 그리고 공정히 할 수 있느냐고 또 물었다. 그렇다고 답했더니 왜 열심히 공정히 하느냐고 물었다.

설명하기에는 너무 장황할 것 같기도 하고, '자존심' 때문에 그렇다고 이야기를 하면, 피고인석에 앉아 있는, 한때는 대한민국을 호령했던 K씨와 J씨의 자존심이 너무 상할 것 같아, '그냥 합니다'라고 말했다. 그 순간 높은 곳에 앉아 있는 판사들 중, 맨 우측에 앉은 여판사가 웃다가 고개를 숙이는 것이 보였다. 검사는 또 증인은 좌파냐고 물었다. 나는 좌파도 우파도 아니라고 했다. 굳이 따지자면 회색주의자라고 했다. 그 여판사가 또 웃다가 고개를 숙였다.

검사가 이상입니다라고 했고, 주심 판사가 변호인에게 더 할 말이 있느냐고 묻자, 없습니다라고 변호사가 대답하자 증인 심문은 끝났다.

6.

　세종대왕이 승하하고 2년 정도가 지난 1452년 7월 4일의 일
이다. 이날 '세종실록' 편찬 책임을 맡은 지춘추관사 정인지는
실록 수찬관들을 불러 모았다. 정인지는 사관(史官)의 황희에
대한 기록을 도무지 납득하기 어려워 회의를 소집한 것이었다.

　실록은 사관이 기록한 사초(史草)를 토대로 편찬된다. 이 사
초 중에서 비밀스러운 일이나 개인의 인물평 등은 사관이 개
인적으로 간직했다가 실록 편찬 시 춘추관에 제출한다. 이를
가장사초(家藏史草)라 했다. 이 가장사초가 사실에 근거한 것
이라면 아무 문제가 없지만, 만약 사적인 감정이 개입돼 믿기
어려운 사실이 기록돼 있다면 어떻게 할 것인가. 더군다나 황
희는 마침 그해 2월, 89세의 나이로 세상을 떠났고, 24년을 재
상으로 재임하면서 여러 관료로부터 존경을 받은 인물이었다.

　이날 정인지는 "이것은 내가 듣지 못한 것이다. 감정이 지
나치고 근거가 없는 것 같으니, 마땅히 여러 사람과 의논해 정
해야겠다"라고 말하며, 황보인, 김종서, 허후, 이계전, 정창손,
성삼문, 김맹헌, 최항 등에게 의견을 물었다.

　도대체 어떤 기록 때문이었을까. 편찬회의 24년 전인 1428

년(세종 10년), 당시 좌의정이던 황희는 사헌부로부터 파주의 한 역리(驛吏)에게서 말 한 마리를 뇌물로 받았다고 탄핵받았다. 이것은 '뜬소문'에 불과하다는 것이 밝혀졌지만, 세종의 만류에도 불구하고 황희는 스스로 겸연쩍다고 하면서 기어코 사직하고 만다. 문제는 사관 이호문의 황희에 대한 논평이었다.

황희는 황군서(黃君瑞)의 서자(庶子)라고 시작되는 이 논평을 요약하면, 첫째 황희는 대사헌 재직 당시 설우(雪牛)라는 중으로부터 황금을 뇌물로 받아 '황금대사헌'이란 평을 받았다, 둘째 박포의 아내와 간통을 했다, 셋째 말 한 필을 받았을 뿐만 아니라 재임 시 여러 번 뇌물을 받아 축재를 했지만, 임금에게 잘 보이고, 임금을 잘 속여서 무사했다 등이다. 이게 무슨 황당한 말일까. 청백리의 표본으로 알려진 인물의 뇌물수수도 의외지만, 박포의 아내와 간통을 했다니.

박포 장기로 유명한 박포는 1차 왕자의 난 때 이방원을 도왔다. 그 후 논공행상에 불만을 품고 있다가, 이방원의 형 방간을 부추겨 난을 일으켰다는 이유로 죽임을 당했다. 박포가 죽고 그의 아내는 죽산현(竹山縣·경기 안성군 죽산면)으로 쫓겨 가서 살았는데, 자신의 종과 간통을 했다. 이 사실을 우두

머리 종이 알게 되자, 소문을 두려워한 박포의 아내는 우두머리 종을 살해해 연못에 시체를 유기했다. 여러 날 후에 시체가 발견되고 수사망이 좁혀오자, 박포의 아내는 서울로 도망쳤다. 그 후 황희의 집 마당에 토굴을 짓고 여러 해 살았다. 이때 황희가 박포의 아내와 간통을 했다는 것이다.

사관의 논평대로라면 황희는 뇌물을 받고 간통을 하고 임금을 기망한 그야말로 파렴치한 인간이다. 당시 편찬회의에 참석한 사람들은 이 논평을 어떻게 해석했을까.

정인지는 먼저 "황희 스스로가 '나는 정실(正室)의 아들이 아니다'라고 한 것은 들었지만 나머지 일은 전에 듣지 못했다"고 말한다. 김종서는 "박포의 아내 사건은 가정 내의 은밀한 일이니 자세히 알 수 없지만" 나머지는 사실이 아니라고 말한다. 이런 논의가 진행되면서 참석자들은 하나같이 같은 시대를 살았던 자기들이 전혀 모르는 뇌물 관련 사건은 사실이 아니라고 결론짓는다.

황희에 대해 악평을 한 사관 이호문은 어떤 인물이었을까. 이호문은 세종 2년(1420년) 과거에 급제해 1425년 사관직을 수행하고 있었다. 그해 3월 1일 황희는 의정부 찬성 겸 대사헌에 임명되는데, 황희의 사헌부는 4월 16일 "조회에 앉아 졸았다"는 이유로 이호문을 문책한다. 사헌부는 법률에 따라 처벌하라고 했지만 세종은 논하지 말라고 하며 이호문의 잘못을 용서했다. 이후 이호문은 호조 정랑 등을 지내다가 이천부사로 재직하던 1446년 결정적인 잘못을 저질러 고신(告身)을 빼앗기고 파직됐다. 당시 그의 혐의는, 관기를 불러 음욕을 채웠다, 이웃 고을의 처녀를 공관으로 오게 한 다음 대낮에 희롱했다, 남편이 있는 관노와 간통했다, 쌀을 도용했다 등 대부분 파렴치한 범죄였다.

태종대부터 중용돼 여러 관직을 거쳐 세종대에 오래도록 영의정에 재임한 황희와 파직된 이호문은 서로 비교도 하지 못할 만큼 경중이 다른 사람이었다. 따라서 이호문이 결점이 많은 인간이라는 것에는 참석자 모두 동의했다. 더군다나 이호문과 외가 쪽 친척이었던 허후는 "이호문은 나의 친척이지만, 사람됨이 조급하고 망령되고 단정치 못하다"고 혹평을 한다. 이호문과 같이 공부했다는 김맹헌도 그를 "사람됨이 광망(狂妄)해 족히 따질 것이 못 된다"고 했다.

참석자 모두가 동의했듯이 이호문의 인간됨이 그릇되고,

사적인 감정에서 사초를 작성했다는 것이 인정된다 하더라도, 여전히 큰 문제가 남아 있다. 그것은 과연 사관이 남긴 사초를 수찬관들이 임의로 제거해도 되느냐 하는 문제다.

참석자 대부분은 "예나 지금이나 마찬가지로 사필(史筆)은 다 믿을 수 없는 것이 이와 같다. 만일 한 사람이 사정(私情)에 따라서 쓰면 천만세를 지난들 능히 고칠 수 있겠는가?"라고 하면서 삭제할 것을 주장한다. 더군다나 이 모임에서 비교적 젊은 층에 속했던 성삼문은 사초를 꼼꼼히 살펴본 후에 새로운 문제를 제기한다.

"이호문의 사초를 살펴보건대, 오랫동안 연진(烟塵)에 묻히어 종이 빛이 다 누렇고 오직 이 한 장만이 깨끗하고 희어서 같지 아니한데, 그것은 사사로운 감정에서 나와서 추서(追書)한 것이 분명하니, 삭제한들 무엇이 나쁘겠는가?"라고 하는 것이다. 이호문이 쓴 문제의 그 기록이 새롭게 작성됐다는 것이니, 즉 후대에 조작되었으니 삭제하자고 주장한다. 황보인 역시 여러 사람의 의견을 따라 삭제하자고 말한다.

어떤 회의든 자유롭게 의견이 개진된다면, 만장일치는 나오기 어렵게 마련이다. 이날 회의도 그랬다. 깐깐한 최항과 정창손이 소수 의견을 냈다. "이것은 명백한 일이니 삭제해도 무방하지만, 다만 한번 그 실마리를 열어놓으면 말류(末流)의 폐단을 막기 어려우니 경솔히 고칠 수 없다."

이 회의의 결론은 실록에 나와 있지 않다. 다만 토론의 전개 과정만이 드러나 있을 뿐이다. 전체적인 분위기로 봐서는 황희에 대한 이호문의 기록을 삭제하자는 의견이 지배적이었다. 그러나 '세종실록'에는 황희에 대한 이호문의 기록이 버젓이 살아 있다. 이게 도대체 어찌 된 일일까.

이 회의 다음 해에 계유정란으로 인해 김종서와 황보인은 불귀의 객이 됐다. 삭제를 주장했던 조정의 원로가 사라지고, 최항이 마지막 수찬관이었으니 최항이 고집을 꺾지 않았을 수도 있다. 하지만 자세한 것은 알 수 없다. 자신이 졸았다고 사헌부가 탄핵한 데 대한 복수였을 수도 있지만, 이호문이 왜 황희에 대해 그런 악평을 했는지에 대해서도 자세히는 알 수 없다. 확실한 것은 이호문의 기록과 '세종실록' 수찬관들의 회의 기록이 다 남아 있다는 것이다. 후대인들은 '세종실록'과 '단종실록'을 통해 그 둘을 다 들여다볼 수 있다. 후대인은 그 기록을 통해 무엇이 진실인지 판단하면 된다.

7.

당신은 꽃구경을 가본 적이 있는가?

어느 봄날 고등학교 국어 수업 시간. 선생님이 막 교정에 피기 시작한 꽃을 보시더니 하시는 말씀.

"진해에서 벚꽃 필 때 벚꽃장에서 막걸리를 마시면 떨어지는 벚꽃 잎이 술 위에 점점이 떨어지고, 그 꽃잎을 안주삼아 한 잔 들이켜면 기막힌 풍류가 이태백이 부럽지 않다."

한창 감수성이 예민할 때여서 나도 이담에 어른이 되면 꼭 그렇게 해 봐야지 하고 쓸데없는 결심을 한 적이 있다. 그 후 꽃구경을 건성으로 다녔다. 대학 시절 겨울, 보길도 예송리 바닷가에서 보았던 동백꽃. 뚝뚝 떨어진 동백꽃의 붉은 잔해는 차라리 처절했다. 예송리 마을 한 소녀는 막 피어오르는 예쁜 꽃이기도 했다.

H시인을 앞장세우고 문인 여러 명과 함께 하릴없이 꽃구경을 간 적도 있다. 대개는 지방에 있는 문인이 "꽃 피었습니다.

내려오세요"라는 긴급통신을 보내고, 이에 호응해 급조된 여행단이 어린아이처럼 들떠서 출발했다. 한 번은 욕지도에 사는 시인이 "지금 두미도에 동백이 만개했을 겁니다"라는 통신을 보내, 역시 급조된 여행단이 남쪽으로 출발했다.

박재삼 시인의 본거지 삼천포에 들러 거나하게 한 잔 걸치고 3월 초의 찬 바닷바람을 맞으며 배를 타고 한 시간여를 갔다. 두미도는 사천만에 있는 작은 섬. 하지만 두미도에 동백은 만개하지 않았다. 아니 동백나무가 없었다. 그런들 어떠랴. 인근 바다에서 금방 잡아 올린 싱싱한 꼴뚜기를 안주로 해서 한잔하는 것에는 아무런 문제가 없었다.

늘 그랬다. 꽃구경은 건성이었다. H시인 등과 선운사 봄 동백을 보러 간 것도, A시인과 복수초를 보러 간 것도, 소설가 J와 산수유를 보러 간 것도 다 그렇다. 꽃은 하나의 무대장치였을 뿐이었다. 꽃은 순간적으로 찬란하고 인생은 지속적으로 지루하기 때문에, 꽃을 핑계로 가끔 인생에 활력을 불어넣음이 꽃구경의 실체였던 것이다.

진짜 꽃구경도 있다. 전남 담양군 고서면 명옥헌 원림(鳴玉

軒苑林)의 꽃구경이 그랬다. 몇 번 가보았던 소쇄원에 들렀다가 아무 기대 없이 명옥헌 원림이나 가볼까 해서 들어선 길. 안내판도 잘 되어있지 않아 다른 길로 들어갔다가 어렵게 차를 돌려 언덕길을 돌아서니 갑자기 눈앞에 붉은 천지가 확 열렸다.

명옥헌 아래와 연못 주위 수백 년 고목의 배롱나무가 온통 붉은 꽃을 달고 여름을 물들이고 있었다. 배롱나무 붉은 꽃은 짙은 녹음 위로 하늘까지 붉게 비추었다. 연못은 붉은 꽃 그림자로 물들고, 물빛은 어른거리며 붉게 울었다. 별안간 '별유천지(別有天地)'의 세계가 나의 눈을 휘감아 황홀경으로 몰고 갔다.

그때 머리 위로 비치는 붉은 햇빛.

남중(南中)이다.